秘剣

城 雪穂 著

鉱脈文庫
ふみくら
21

目次

霞流秘譚

一

――ええい、何ということだ。

渺茫《びょうぼう》たる芒《すすき》の原の斜面を下りながら、玄心は何度もいまいましそうに舌打ちした。

ついその先の狭間に、手負い猪を追い込みながら、すんでのところで見失ってしまったのである。

以前、兵庫が撲殺したものにくらべると、はるかに大きな獲物であっただけに、いっそう無念でならなかった。

御岳《みたけ》が原《はら》の道らしい道もない熊笹の生い茂る原野にさしかかったとき、玄心はふと真向かいの丘の裾に若い女の姿を認めた。

――何をしているのだろう、こんなところで？

訝《いぶか》しげに見遣《みや》ったとき、今度は左手の樹陰《じゅいん》より若い男が姿を見せた。

――おっ？

玄心ははっとして足をとめた。男は兵庫であった。

朝晩一緒に暮らしている兵庫の姿は、かなりの距離でも滅多に見紛うことはなかった。

玄心は咄嗟《とっさ》に傍の樹陰に身を寄せた。

やがて——。

兵庫と女は睦まじく語らいながら丘の向こうに消えた。

——彼奴《きゃつ》、いったい、何処《どこ》であの女と知り合ったのであろう。よもや、あのふたり、森の中で乳繰り合っていたのでは？

玄心はもはや取り逃がした猪のことなど念頭にはなかった。

遠見にも女が若く美しく見えたことが、一段と玄心の暗い嫉妬《しっと》を煽《あお》り立てていた。

中臣部玄心と戸張兵庫は、霞流筒戸角斎の門に学んでともに伎倆伯仲、角斎晩年の弟子のなかでもっとも剣名を謳われた仲である。

霞流はもともと新当流の分派で、常陸国の真壁城十八代の城主、真壁久軒の長子暗夜軒が創めたものである。

暗夜軒によって編み出された霞斬りの妙技は、新当流の著名な一の秘太刀に加えて、さらに彼の高弟である筒戸角斎の工夫錬磨により、いっそう完璧なものになっていた。

慶長十八年十月、玄心と兵庫を伴って日向高千穂の三田井を出た筒戸角斎は、薩摩と日向の境に跨る霧島山の火口湖、御池のほとりに草庵をあんでなお斯道《しどう》の研鑽につとめていた。

その日の暮れ方――。

玄心は兵庫と顔を合わせたとき、さりげなく問うてみた。

「おぬし、きょう何処へ行った?」

「む……」

兵庫は口ごもりながら、

「御岳が原じゃ……」

と、言った。

「何をしに?」

「稽古じゃ」

「稽古?」

「飛びの修行には恰好の場所だからな」

と、言って兵庫はあけびを懐中から取り出した。

「食わぬか?」

――此奴《こやつ》、いいかげんなことを言いおって……。

玄心は不興げに一顧も与えず、

「兵庫――おぬし、水くさいではないか」

「何のことだ?」

兵庫が持ち前のすずしげな眼差しをおくった。

「とぼけるのもほどほどにせい」

「……?」

「女じゃ」

「……」

「おぬし、あの女といつ知り合った?」

一瞬、兵庫の顔に動揺がはしったが、

「おぬし、見ていたのか?」

と、苦笑した。

「何処の女じゃ?」

玄心は執拗《しつよう》に追究した。

兵庫に対する妬《ねた》みが、さらでだに暗い玄心の心をいっそう陰険なものにしていた。

「狭野の熊野権現の神官を知っているであろう？」

と、兵庫が言った。

「伴部左兵衛とかいう……」

「うむ……その左兵衛殿の姪《めい》にあたる女子じゃ」

伴部左兵衛はかつては桜山城の作前隆章に仕えた武士であったが、老境に入ってより狭野に退院して、熊野権現の神職をつとめている。

若い頃から角斎と交友があり、自らも示現流を遣ってかなり業前《わざまえ》であった。

「うまいことをやりおったな」

玄心が淫靡《いんび》な笑いを洩らした。

「莫迦《ばか》な！　あけびが欲しいと言うから一緒に行ったまでじゃ」

「どうだか？」

と、玄心が揶揄《からか》ったが、兵庫はそれにかまわず、

「志津と言ってな……ふしあわせな女子じゃ」

幼少の頃、両親に死なれ、その後は左兵衛の許で育てられたのだ——と、語った。

二

数日後、志津がはじめて角斎の草庵を訪れた。左兵衛に言い付かって狭野の名物の外郎《ういろう》を持参したのであった。

志津が草庵を辞去するとき、角斎は玄心に志津を送らせた。

その頃、兵庫は角斎に命ぜられて、薩摩、伊集院の兵法者、高倉一心の許へ出かけて不在であった。

霧島の山巓《さんてん》に入りかけた夕陽が美しく山や樹や谷を彩る頃あい、山峡《やまかい》の小道を玄心と志津は肩をならべて歩いていた。

玄心は時折、好色な眼差しで志津の体を盗み見た。しっとり汗を含んだ白い艶《つや》やかな項《うなじ》も、なよやかな腰も、つと手をのばせばすぐ触れるところにあった。

若い女の匂いをかいで玄心の胸は噴き出るような欲情に震えた。

道はやがて欝蒼《うっそう》たる杉の林に入る。樹間を洩れる陽は薄く、すでにうそさむい風が渡りはじめた。

と、そのとき――。

不意にあたりの樹間より、わらわらと異様な風体の男たちが現われて、ふたりの行手をさえぎった。

「女を置いて行け!」

口々に雑言を吐いて玄心にせまった。志津は蒼白になって玄心の後に隠れた。

玄心がせせら笑った。

「此奴!」

眼を剝《む》いた暴漢のひとりが玄心につっかかった。

とたんに暴漢の体は宙にはね飛び、木立の間にもんどりうってころがった。

「おのれ!」

憤然となった仲間たちが、いっせいに抜刀して斬りかかってきた。

玄心の体が暴漢の間を縫ってたくみに跳躍し、旋回した。彼等のあいだにつぎつぎに悲鳴が起こった。

やがて、すべての暴漢が草上に伏して、もはや苦悶の声も絶えた頃、

「玄心様……」

恐怖の眼差しで一切を見まもっていた志津が、ようやく安堵《あんど》の色を浮かべて、走り寄った。

「ふん、口ほどにもない奴等じゃ」

玄心はうすら笑って刀をおさめた。


高智岳——。

古来多くの野猿が棲息するので、近在の郷民たちはみな猿岳と呼んでいる。見上げるばかりの急勾配に点々と粗い石の段《きざはし》が続き、山腹の蒼々たる松の樹陰に熊野権現の古い祠堂が建っている。

建武四年、羽柴三郎義貞が伊豆権現を勧請《かんじょう》して建てたもので、神官は代々作前家の重臣伊集院宗義の縁戚が世襲していた。が、先年その血統が絶えてより伴部左兵衛がその任にあたっていた。

玄心が志津を送って行くと左兵衛は、

「いかいお世話になってお礼の申し上げようもござらぬ。ささ、今宵はゆっくり過ごして行かれるよう……」

と、しきりに酒肴《しゅこう》をすすめるのだった。

玄心ははじめ左兵衛に会ったときから、何となく胸底に忸怩《じくじ》たる思いがあった。おのれが道々志津に対して抱き続けていた破廉恥《はれんち》な考えを、今にも看破されるのではないかという怖れがあった。

しかし、それが単なる杞憂にすぎないことがわかったとき、ようやく安堵して幾杯も飲み干した。

おもむろに酔いがまわると、玄心はまたしても志津の美しい姿態に欲情をそそられるのだった。

——よし、この女、いつかはきっとおれのものに。

左兵衛に見せる笑顔とはうらはらに、玄心はそんな陰火を心の中に燃え立たせていた。

玄心が蹣跚《まんさん》たる足どりで御池に戻ってきたときは、すでに夜も大分更《ふ》けていた。

酒に火照《ほて》った体を小屋にやすめて、どれほどの時が移ったであろうか。

突如、玄心はおのれの枕元にひっそりと立った人の気配にはっとして飛び起きた。

「戻ったか、玄心！」

威圧のこもった角斎の言葉がひびいた。

「はっ、ただ今……」

玄心は低頭した。

「ふん、したり顔でぬかしおる」

「……」

「修行の身で酒などくらって！」

厳しい叱咤《しった》がかかった。

「は――、いささか、左兵衛殿よりすすめられるままに……」

「左兵衛殿も酔狂なお人じゃ」

「申しわけありませぬ」

「木太刀《きだち》を取れい！」

「はっ……」

飛び退《しさ》った玄心は、おのれが今朝削ったばかりの木太刀を取ると、まろぶように外へ出た。

――うぬっ！　きょうこそは、師に一本も取らせはせぬ。

酒の酔いに加えて、暴漢を殺《あや》めた意識が、玄心の心を更に猛猛しいものにしていた。

悠々と小屋を出た角斎は、やがてふらりと玄心の前に突っ立った。

いつものごとく対手《あいて》を食ったような角斎の構えであった。

――やあっ。

全身の猛気《もうき》を爆発させて玄心はぶつかっていった。

と、角斎の老軀がさながら羽毛の軽さで舞いあがった。

落ちかかるところを狙って薙《な》ぎはらったが、ふたたび軽くいなされ、上体がのめりかかった。

――不覚。

覚えず玄心が無念の唇をかんだときには、すでに強烈な打撃を肩先に受けていた。

「うっ……」

続いて神速《しんそく》の巻き込みがきた。外す間もなく忽然《こつぜん》として玄心の木太刀が撥《は》ねあがった。

「あっ！」

「ふん、何たるざまじゃ。のうのうと酒などくらう前に、もそっと身を入れて修行にはげめ！」

「はっ……」

「以後きっとつつしむがよい。いかな兵法者も酒を過ごせば、ただの酔いどれじゃ」

「……」

玄心は濡れた池畔《ちはん》の砂地に手を突いて、一言もなく喘《あえ》いだ。

三

それから旬日を経た頃——。

伴部左兵衛がふとしたことからえたいの知れぬ病気にかかった。

志津が必死の看取《みと》りを続けたが、病状は日ましに悪化するばかりであった。

全身にひどい浮腫を生じ、灼《や》けるような高熱に、さすが剛毅の左兵衛も日夜床のなかで呻吟《しんぎん》した。

ある日、左兵衛を見舞った角斎は、見紛《みまが》うばかりに変わり果てた左兵衛の面相や、陰惨な皮膚の色を眺めて胸をいためた。

「のう、角斎殿……」

左兵衛が角斎を見上げた。

「わしの命も、さして永くはあるまい」

「何と気の弱いことを！」

角斎は叱りつけるように言った。

「いや、いや……おのれの命は、おのれが一番よくわかる」

寂しい呟《つぶや》きが洩れた。

すると、傍《かたわら》にひかえていた志津がにじり寄って、

「せっかく角斎先生もお越しいただいたのでございます。そのようなお話よりは、おじさまの好きな武芸の話などなされませ」

沈み勝ちな左兵衛の気を引き立てるようにそう言った。

……うむ、とうなずいて左兵衛はしばらく沈黙したが、ややあって、

「角斎殿……」

と、ふたたび呼びかけた。

「何かな?」

「頼みたいことがござる」

「……?」

角斎が怪訝《けげん》の眼差しを送ると、左兵衛は、

「おことは、玄心殿と兵庫殿のうち、いずれに霞流の真諦《しんてい》を継がせるお心算《つもり》じゃな?」

と、問うた。

すると、角斎は当惑の微笑をつくって、

「はて? これはむずかしいおたずねじゃ」

「実はここにいる志津のことじゃが……わしがこのまま逝《い》ってしまえば、孤独の身の上となって、さきざきが心配じゃ。そこで身勝手な申し出じゃが……おことの後を継ぐべき門下と志津とを娶《めあわ》せてはもらえまいか?」

と、左兵衛が言った。

「このようなこと、わしの口から言い出すなど、あつかましい次第とは思うが……」

左兵衛は喘ぎ喘ぎ続けた。すると角斎は、

「左兵衛殿——、おことの頼み、確《しか》とお引き受け申そう」

と、応えた。そのとき志津は、

——あの……

と、何やら言いかけたが、今、おのれがふたりの真剣な話し合いのなかに、勝手な言葉をさしはさむことが、ひどく不謹慎なことのように思われて、ふと口をつぐんだ。

おなじ頃——。

御岳が原に近い峡谷の隆起する岩塊に、玄心と兵庫は腰をおろして一息ついているところだった。

兵庫は先日薩摩から戻ってきたばかりであった。

「おぬし、どこぞ体の工合が悪いのでは?」

と、玄心が訊いた。

日頃の剽悍《ひょうかん》な兵庫に似ずきょうは彼の得意とする飛び翔けの技に何となく軽《けい》捷《しょう》さが欠けて活気がない。

「うむ……」

兵庫は重くうなずいて、どうも体中熱っぽくていかぬ、と言った。

「それは、いかん」

「なに、修行の足りぬせいじゃよ」

兵庫は故意に明るい表情で笑った。

「実は先日志津殿が来てな……」

と、玄心が言った。

「御池へか?」

「うむ……」

「……」

「戻りは、先生の命でおれが狭野まで送って行った」

玄心は兵庫の反応を待ったが、兵庫はさして気にもとめぬふうで、

「それは御苦労な……」

と呟いたのみであった。

「金谷峠でおもしろいことが起こってな……」

「おもしろいこと?」

兵庫が反問した。

「うむ……」

玄心が暴漢に襲われたことを話すと、兵庫は、

「おぬしの手にかかれば、野盗の十や二十、造作《ぞうさ》もあるまい」

と、言って笑った。

——此奴、いったいあの女のことをどう思っているのであろう。おれの前だから、わざと、そ知らぬふりをしているのか?

玄心は志津の話に、兵庫がいっこうのってこないのを不思議に思った。

四

蕭々《しょうしょう》たる雨の中を三つの黒い人影が熊野権現の段《きざはし》を黙々とのぼって行く。

角斎、玄心、兵庫の三人である。

左兵衛の望み通り、きょうは玄心と兵庫の立ち合いの日であった。

――大事ないであろうか？

一抹の不安が角斎の胸中をよぎる。

兵庫の跛《びった》が思いのほかひどいのである。

先日、角斎の庵の屋根を葺《ふ》くと言って、烏原の茅切り場へ出かけた兵庫が、蹠《あしうら》に茅の切り口を立て、運悪くその傷口が化膿して醜怪《しゅうかい》に脹れあがったのである。

それに兵庫は先頃より風邪に罹って高熱を発しているのだ。

――もし、兵庫が敗れるようなことがあれば？

霞流の相伝を継ぐのも、美しい志津を娶るのも、兵庫こそ、それに相応《ふさわ》しい人物と思っている角斎は、ひそかに懊悩した。

兵庫の事故を理由に、試合の日を延ばそうかと思わぬでもなかったが、左兵衛の命脈はすでにいつ尽きるとも知れない運命にある。もし約束の日を延ばして、不意にその前に左兵衛が逝ったら……と、いう懸念が角斎の胸にあったのである。

兵庫のいたいたしい足どりに、さりげない流し目をくれながら心の中では、

――勝て、何としても玄心に勝つのだ。

と、祈るような気持ちで、段をのぼるのだった。

やがて――。

三人は社の裏を抜けて、左兵衛の屋敷の玄関に立った。

訪《おとな》いを入れると、すぐ志津が出てきて師弟を中へ請じ入れた。

病床の左兵衛は角斎たちの姿を見るや喜色を浮かべたが、日夜病苦に苛《さいな》まれて病み衰えた左兵衛の面貌には、もはや濃い死の影が揺蕩《たゆた》っている。

「……間にあってよかった」

左兵衛はすでにおのれの死期をさとっているもののごとく呟いて、

「愉《たの》しみにしていた試合、息のあるうちには見られぬと思っていたが……」

「何を言われるのじゃ、左兵衛殿、お気をたしかに持たれい」

角斎が厳しい語調で言った。

雨は次第に激しさを増して、やがて欝蒼《うっそう》たる樹々の梢をゆるがせて沛然と降りし

ぶいた。

玄心と兵庫の試合は、豪雨の中で行なわれた。

「勝負！」

角斎の凛乎《りんこ》たる開始の声が発しられるや、兵庫も玄心もはじかれたごとく後方にとんだ。

兵庫のとった霞流独得の青眼無想の構えに対して、玄心は右八相の追い崩し。

間合はほぼ三間——。

双方燃えるような眼光を放ったまま、凝然と佇立《ちょりつ》した。

やがて半刻近い時が流れ過ぎた頃——。

玄心は少しずつ右へゆるやかに迂回し出した。兵庫も玄心の動きにつれておのれの体をずらしはじめた。

が——、おもむろに浮沈させる玄心の木太刀に対して、兵庫のそれは玄心の双眸《そうぼう》をとらえたなり微塵《みじん》の動揺も示さなかった。見まもる三人の眼もひたと木太刀の先端に吸いつけられたままである。

雨はいよいよ激しく降り続けた。

忽《こつ》として玄心の動きに変化が起こった。

「やあっ！」

凄まじい咆哮《ほうこう》が豪雨の音よりもなお激烈に発しられて、玄心の木太刀が兵庫の頭上を襲った。

「とおっ！」

半身にひらきざま、瞬時に躱《かわ》した兵庫が熾烈《しれつ》な胴打ちを逆に入れた。

と——、玄心の心が、ひらりと一間ほど飛び退った。

——むっ。

声にならぬ気合が双方の口から洩れたとたん、兵庫の体に異様な衝撃が起こった。

炎のような高熱が噴きあがり、破れた蹠《あしうら》から激甚の痛苦と悪寒《おかん》がつらぬくように全身を駆けたのである。

——おぬし、病の体では、わしとの試合に敗れたとて、いささかも恥にはなるまい。

昨夜、皮肉な笑いを浮かべながらそう言った玄心の言葉を兵庫は思い出した。

——負けてなるか！

必死に苦痛を堪《こら》えて、玄心を睨《にら》んだ。

ふたたび玄心が攻撃を開始しようとした瞬間、

「やあっ！」

兵庫が上段にふりあげた木太刀を玄心の肩へ打ち込んだ。

がっ、と受けた玄心が横に薙ぐ――、と、兵庫の体が躍りあがって、玄心の斜め右に位置した。

――うむ
と、唸《うな》った角斎が、覚えず、

――やった！

と、肚裡《とり》で快哉《かいさい》を叫んだ。

しかし――。

兵庫の精気に破綻《はたん》が見えて、にわかに引き攣《つ》れるごとく五体が膠着《こうちゃく》したのはその瞬間であった。

――あっ、
鬼胎《きたい》の姿勢に角斎は愕然《がくぜん》となった。

高熱の身を雨にたたかれて、悶絶《もんぜつ》寸前の変化を激発しているのだった。

悽愴《せいそう》な闘いが、これまでに兵庫の生命力のほとんどを消耗しつくしたと言えた。

「待てい！」

角斎が鋭い一喝を発した。

と――。

猛然と躍り込んだ玄心が兵庫の咽喉《のど》に向かって真一文字の突きを放った。

――あっ、
角斎、左兵衛、志津の三人が同時に声をあげたときすでに玄心の木太刀が兵庫の咽喉をつらぬいていた。

鮮紅の血しぶきが雨中を彩って、兵庫は声もなく泥濘《ぬかるみ》の中に突っ伏した。

「兵庫様！」

志津が絶叫しながら飛び出してきた。

「うぬ！　卑怯《ひきょう》者――待てと申したに何故待たぬ！」

角斎が怒号した。

「兵法の立ち合いに猶予がありましょうや」

玄心はひややかに角斎を見返しつつ言った。

「兵庫は無理をおしての試合に失神したのじゃ。其の方、まことの兵法者ならば、いっときの猶予を与えて当然であろう」

「……」

「五体叶わぬ相手に、故意の刺撃を咽喉に放つとは、其の方、何と性根の腐り果てた奴じゃ！」

角斎はまさに玄心を斬り捨てんばかりの形相《ぎょうそう》で詰め寄った。

玄心は、しかし慙愧《ざんき》の念は微塵も面に示さず、

「ふん、先生は初めから、兵庫の味方でござりましたな」

と、ますます不貞腐《ふてくさ》れた。

「うぬっ！　此奴！」

角斎がいっそう激したとき、

「卑怯者には志津はやれぬ」

と、左兵衛が声をおののかせた。

「莫迦《ばか》な！　約束が違う」

玄心がわめいた。

と、それまで、ひしと兵庫の体にとりすがって泣きじゃくっていた志津が、

「私は兵庫様の妻です」

と、叫んだ。

「なにっ！」

眼を剝いた玄心がぱっと横に飛ぶや、志津の肩をむずとつかんだ。

「あっ！」

志津が悲鳴をあげた。

「何をする！」

角斎が走り寄るより早く、玄心は志津の腰を左脇にかかえて、猿のごとく走り出した。

「待てっ！」角斎が追おうとしたとき、

「角斎殿……」

今際《いまわ》のきわの声をふりしぼって左兵衛が呼んだ。異常な衝撃が左兵衛の死期を早めたものに違いなかった。

――おっ？

驚いて角斎が左兵衛の許へ走ったその隙に、逸早《いちはや》く玄心は裏手の森陰へ躍り入って消えた。

五

雨は夜っぴて降り続き、翌る朝になってようやく止んだ。

野や山や谷を濃密な霧が覆った。

志津を引っさらった玄心は、霧島山の東麓に逃がれた。

逃げれば斬るという玄心の脅迫に志津は泣く泣く同行したのであった。

細谷川の高い吊り橋を渡る頃、志津はもう一歩も歩けぬと言って苦し気に息をついた。

近くの農家をたたき起こした。

「旅の者だが、山道に迷ってな……。夜どおし雨にうたれて、このざまじゃ、しばらくでよいから休ませてくれぬか」

と、玄心が頼むと、顔を見せた女は玄心の異相におびえて、ためらいの色をみせた。

が、疲れ果てた志津に同情したのか、中へ入れて、湯をわかし粥《かゆ》を炊《かし》いで、ふたりにすすめた。

空腹が満たされ、体があたたまってくると、猛烈な睡魔におそわれた。

筵《むしろ》や木箱や農具などの雑然と積み重ねられた部屋の一隅を借りて、ふたりは正体もなく寝入った。

ふと玄心が眼を醒ましたときは、もう夜になっていた。

大分更けた頃あいとみえ、あたりは森閑として、何の物音もしない。

志津はよほど疲れ果てているとみえ、まだ昏々と眠っている。

疲労が去ると、玄心の若くたくましい五体に鬱積《うっせき》した精気が燃え出した。

ゆっくり体を移動させて志津の傍へ行った。

息を殺して志津を抱いた。ぴくりと手足がふるえて、志津が眼を醒ました。

「あっ！」

微かな叫び声が洩れて、しなやかな志津の体が玄心の腕の中で反りかえった。

玄心が脚をからめると志津は必死になって抵抗した。

「心底そなたに惚れた玄心じゃ。志津！　わしの情け、汲んでくれい。頼む、一生かけて粗末にはせぬ」

玄心は志津の耳朶《じだ》に口を押しつけて呻《うめ》くように言った。

「あ、あっ！」

もがけばもがくほど、玄心のたくましい腕に力がこもった。

玄心の体が徐々に志津の上にすすんだ。

やがて……。

一刻の快挙を貪ると、玄心は大きな息をついて、四肢を弛めた。

志津の咽喉から嗚咽《おえつ》が洩れた。

すると玄心は、急に優しくなって、

「これでそなたは、わしの妻になったのじゃ。死んだ兵庫のことなど、くよくよ思ってみたとてはじまらぬ」

と、言った。

——何もかも終わった……。

暗澹《あんたん》たる絶望の底で志津は呟《つぶや》いた。

翌日——。

ふたりは農家を出た。

山際の暗い道を谷川沿いに樟田《くすだ》へ向かった。

樟田は玄心の亡父の在所である。

奥日向の僻遠の土地だが、鮎と紙の産地でかなりのにぎわいをみせている聚落《しゅうらく》であった。

幾夜か山間の杣《そま》小屋や農家の納屋に仮寝しながらようやく目的の場所へたどり着いたとき、玄心は安堵の胸を撫《な》でおろした。

玄心は樟田の顔役の用心棒となった。

蓮正寺裏の一日中陽光の射さぬ陰湿な長屋の一隅が、玄心と志津の棲家《すみか》であった。さしたる用事もない玄心は、毎日のごとく酒に酔い痴《し》れた。

玄心はしばしばおのれの嗜虐《しぎゃく》な性癖を露き出しにして志津に挑んだ。耳朶に歯を立て、肩の肉を引っ掻き、野獣さながらの形相で、一時志津のやわらかな肌を責め苛《さいな》んだかと思うと、急に潮のひくように静かになって執拗な愛撫を続けるのだった。そして、

「志津、わしはもうそなたを離しはせぬ。わしを捨て、どこぞ好きなところに隠れてみるがよい。きっとそのままには捨ておかぬ！」

と、いつもきまったような言葉を繰り返した。

志津はもはやすべてをあきらめていた。

兵庫が絶命した瞬間から、おのれも無間の底に落ちて、魔性の嬲《なぶ》りものになっているのだと思った。

玄心の陰険な性情と嗜虐癖は、あきらかに彼が幼少の折につちかわれたものであった。

玄心の父玄也斎は、佐土原、島津家の槍術指南役をつとめていた。

奔放闊達《ほんぽうかったつ》の人柄で家中の請けもよく、城主にも寵愛《ちょうあい》されたが、妻を失い、後添をとったことが、禍《わざわい》をよんだ。

後妻のりくは気まぐれで淫行の多い女であった。

玄心は幼名を竹三郎と言った。

竹三郎は、初めからりくになじまなかった。りくの声が聞こえただけで、耳を塞いで表へ走り出た。

そのまま縁戚の家を泊まり歩いて、幾日も戻らぬこともあった。

りくには子供が生まれず、前妻への嫉妬から理由もなく竹三郎を折檻した。

意地の悪い厳しい打擲に玄也斎が代わって許しを乞うと、

「わが子がそのように可愛いものなら、私にも早く産ましてくだされ！」

と、おめきたててむしゃぶりつくような狂態も演じた。

そんなりくに新しい男ができた。

玄也斎の道場に草鞋《わらじ》を脱いだ向坂五郎左衛門という旅の槍術家であった。

五郎左衛門は道場の食客として滞在したが、りくは玄也斎の前でも五郎左衛門に狎《な》れ狎《な》れしい態度をみせた。

竹三郎が六歳のときであった。

玄也斎は門弟と共に花見へ出かけて不在であった。

遊びから戻って来た竹三郎は、奥の居間から洩れてくるりくの異様な呻き声を耳にした。

竹三郎は、初めはりくが泣いているのだと思った。

気丈なりくでも泣くことがあるのか、と不審に思いながら、足音をしのばせて、閉《た》て切った襖《ふすま》に近付いた。

隙間へ眼を寄せた竹三郎は、内部の情景をみて、あっと息をのんだ。

五郎左衛門のたくましい体に、りくがほとんど裸に近い姿で四肢を曲げからめ、陶然とした顔つきで喘いでいるのだった。

棒立った竹三郎は、なおも懸命になって、ふたりの痴態に見入っていた。

すると、不意に後から強い力が加わって激しく横に振り飛ばされた。

同時に竹三郎は、襖を蹴り倒した黒い影が、風のごとく中へ躍り入るのをみた。

荒々しい呶号《どごう》がひびいて、陶然たる声は、突如、絹を裂く悲鳴に変わった。

「あっ、あっ……」

裸身を鮮血に染めてよろばい出たのは、りくと五郎左衛門であった。

「外道！　地獄の底で愉しむがよい」

返り血をあびて、悪鬼のごとき面相になった玄也斎がふたたびふたりの頭上に大刀を振りおろした。

玄也斎と竹三郎の放浪はそれからはじまった。

その夜のうちに城下を出奔したふたりは、あてもなく各地を渡り歩いた。

ひとつの町につくと、玄也斎はきまったように竹三郎を薄ぎたない宿に残して、何処かへ出かけて行った。

翌る朝早く戻ってくることもあれば、二、三日戻らぬこともあった。

竹三郎は父がおそろしい人間になっていることにようやく気付いた。

玄也斎が、この世を去ったのは、竹三郎が八歳の時であった。

境谷の路傍で、行き倒れ同然の寂しい最期であった。

そのとき、玄也斎の死体にすがりついて泣いていた竹三郎を拾ったのが角斎であった。

六

朝――。

樟田の町外れを、玄心は鬱然《うつぜん》とおのれの影を踏みながら歩いていた。

陽はかなり高くのぼっていたが、往還に人影は少なかった。

もはや玄心の姿からは、かつての生々しい野性は消え、青白く殺《そ》げた双頰《そうきょう》や、暗い瞳の中には、野良犬のような卑しさのみが光っている。

向こうからぶらぶらやってきた遊び人風の男がふたり、玄心の姿をみると、ぴょこんと申し合わせたごとく頭を下げて道をひらいた。

玄心が樟田の町に住みついてすでに十か月、無頼の者の間ではいっぱし先生の名前で通っているのだった。

昨夜、賭場《とば》の胴親に、てちがいがあって悶着が起こった。

有無を言わせず、玄心が対手方の二、三人を叩き斬ったので、ますます騒ぎは大きくなった。

用心棒同士の対決となり、またたくうちに浪人数名を玄心がうちのめすと、竦《すく》みあがった対手の親分が詫びを入れた。

玄心のはたらきがもて囃《はや》されて、今朝、彼の懐中にはかなりの金子《きんす》が入った。

が――。

心の奥には怏々《おうおう》たる思いがわだかまっていた。

志津が先日子供を産んだのである。

玄心は志津が身重になったとき、おのれの種を宿したものとばかり思い込んでいたのだった。

しかし、産まれた赤ん坊の顔をみて憤怒《ふんぬ》に燃えた。

赤ん坊は死んだ兵庫にそっくりだったのである。

——迂闊《うかつ》な！　試合以前にすでに志津と兵庫は許し合っていたのか！

玄心ははらわたをしぼるように呻いた。

今になって、まんまと兵庫にしてやられた思いであった。

煮え返る思いで、おもうさま志津を責め苛み、そのまま家を飛び出して、転々と飲み歩いているうちに賭場への誘いがかかったのであった。

玄心が堀川の石橋を渡って、右手の小径に入りかけたときであった。

横合いより、やくざな態の若い男が小走りに駆けてきて、いきなりどんと玄心の胸に突きあたった。

と、見えたが、ひらりと躱《かわ》した玄心の手に白光がきらめいて、対手の男にするどい悲鳴が起こった。

男は顔を引き歪めて、血まみれになった手首をしっかりおさえている。

「や、やいっ！　何するんでえ！」

男は嚙みつくような声でどなった。

「此奴――、ひとの懐中をねらいおって……」

「畜生、何にも盗っちゃいねえじゃねえか！」

「ふふふ……」

玄心は氷結したような笑いを浮かべた。

「盗られてからではおそすぎる。昨夜のかせぎで、たんまりはいっているのでな……」

「何を勝手なことをぬかしゃがる。やい！　こっちの斬られた手首はどうしてくれるんだ！」

「知ったことか」

「何をっ！」

「四の五の言わず、とっとと失《う》せろい！　失せぬと、いっぽうの手首も叩き斬る！」

玄心はふたたび大刀を振りかぶった。

「よさぬか！」

不意に後からするどい叱咤がかかった。

「……？」

玄心がふりかえると、いつの間にあらわれたのか、爛々たる眼光を放って突っ立っている六尺ゆたかな旅の兵法者があった。

蓬髪襤褸《ほうはつらんる》の姿ながら、浩然と眉を張った面貌は精悍の気質に溢れている。

——此奴！

玄心が睨み返すと、

「忘れたか？　玄心！」

大きな双眸に親愛の色をこめて近付いてきた。

——あっ、
と、声をあげた玄心が、

「頼軒ではないか」

と、叫んだ。

「思い出したか……」

兵法者の厳《いか》つい顔がほころびた。

幡部頼軒——。

日向、倉永の城主倉永忠政に仕える幡部喜憲の次子で、幼少より武芸を好み、大矢木長秀より方円流を学んだ。

剣に対する異常な執念と生来の放浪癖から元服と同時に郷里を飛び出して、その後、筒戸角斎の門に入った。すでにその頃、玄心と兵庫は角斎の許にあったが、方円流の目録を得ている年輩の頼軒は、ふたりにとっては剣の先達であった。

ほどなく頼軒は角斎の許しを得て回国修行の旅に出た。

頼軒が何処を経巡って腕をみがいたかは、玄心にとっては、まったく見当のつかぬことであったが、さすがに長い旅で得た貴重な体験は、一段と彼を立派な兵法者にしあげていた。

「よもや、おぬしがこの地にいるとは知らなんだ」

玄心に案内された酒家の一室で、頼軒はそう言って屈託ない笑い声をあげた。

しかし、時折頼軒はするどい視線を玄心の面上に走らせた。

そのたびに玄心は、おのれの荒廃した心の奥を見透かされるようで不快だった。

「……して、おぬし、これからいずれへ？」

と、玄心は訊《き》いた。

「うむ、実は今、国許《くにもと》へ戻るところでな……」

「国許へ?」

「主家より呼び戻されたわ」

頼軒が笑った。

――それはよかった。呼び戻してくれる主家を持つおぬしが羨《うらや》ましい。

と、玄心は言いかけて、ふと口をつぐんだ。

兵法者としての道を踏み外し、碌々として世を過ごしているおのれが、ひどく卑《ひ》賤《せん》なものに自覚された。

「兵庫や角斎先生は達者か?」

ややあって頼軒が訊いた。

はっと胸をつかれて、

「うむ……」

返事とも呻きともつかぬ声を洩らして、つと頼軒から視線をそらした。

「おぬし、この地で何をしているのじゃ?」

ふたたび応えようもない問いに、玄心がとまどっていると、

「仕官の望みはないのか?」

と、頼軒はさらに訊いた。

探るような眼つきに、玄心はますます不快になった。

「窮屈な仕官よりは、この方が気ままでな」

むっつりした表情で応えた。

「玄心……」

「……？」

急に頼軒が真剣な面持ちになって呼びかけた。

「久しぶりじゃ、立ち合ってはみぬか？」

――此奴、おれを試そうとしておる。

「迷惑じゃ」

卑屈な思いが、即座にそんな言葉になって出た。

「迷惑？」

頼軒は意外だ、と言わんばかりの表情で問い返した。

「そうじゃ」

「迷惑とは、異《い》なことを言う。さては、おぬし臆したな？」

頼軒の強《きつ》い言葉に、さっと玄心の顔色が変わった。

「何の臆することがある！　物貰い同然の兵法者に！」

「うぬっ！　物貰いとは何たる雑言！　許さぬ、外へ出ろ！」

「おう！」

ふたりは憤然と席を蹴って外へ躍り出た。

桜堤と呼ばれる川べりの空地で、玄心と頼軒は対《む》い合《か》った。

抜き放った一刀を青眼と下段のあわいにしずめて佇立する頼軒の姿をながめて、玄心は覚えず背筋を凍らせた。

師の角斎の剣に似て、頼軒のそれは厳酷な威圧をもってのしかかってくるのだった。

——勝てぬか？

恐怖に絶望に変わり、さらに自棄を生んだ。

「ええい！」

一喝しざま、捨身の一撃を振り込むと、頼軒の巨軀は、かろやかに浮いて後退した。

翻弄《ほんろう》された思いで、

——うぬっ！

怒り狂って、やつぎばやにたたみかけた玄心の大刀は頼軒の見事な業《わざ》によって、幾度も空しく宙に流れた。

かっと灼《て》りつける太陽を浴びて、玄心の汗と脂に濡れた面貌は、ぎらぎらと憤怒にかがやいた。

——この一撃こそ。

頼軒の体を真っ二つに割るべく打ちおろした玄心の大刀が、鏘然《しょうぜん》たる音を発して撥ねあがった。

——あっ、
思う間もなく頼軒の白刃が面上に襲いかかった。

——しまった!

玄心が心中無念の声をあげたとき、意外——、冴えた鍔鳴《つばな》りが耳に入った。

——?

「未熟者!　童《わっぱ》の頃と少しも変わらぬではないか!」

頼軒のひややかな声が耳朶《じだ》をうった。

「なぜ殺さぬ?」

玄心は捨てばちになって叫んだ。

「莫迦!」

頼軒の呶号が落ちた。

「霞流の面目はいかがしたぞ、玄心！」

「そのようなものは、とっくに捨てたわ」

「みれば、おぬし、無頼の暮らしに落ちているようだが……」

「ふん、おぬしの兄貴面は、もうこりごりじゃ……」

「黙れ！」

「……」

「哀れな奴！　角斎先生が、あれほど目をかけておられたものを……」

「……」

「たかが掏摸《すり》の手首が打ち落とせるぐらいの業前で、増長すまい！」

玄心は一語も返すことなく沈黙した。

「わしに後れをとったこと、恨みに思うならば、性根を据えて、精々修行にはげむことだ。恥辱が雪《そそ》ぎたくば、いつでも倉永にたずねて参れ！」

と、言い捨てて、頼軒は悠々と去って行った。

七

——はて？

玄心はむくりと体を半ば起こして、周辺を窺《うかが》った。

おのれよりほかには誰もいるはずのない薄暗い辻堂のなかで、突然赤ん坊の悲鳴を聞いたのであった。

しかし——。

しばらく耳を欹《そばだ》てたが、それっきり、依然静寂があるばかりで、何の物音もしない。

——夢であった？

玄心はふたたびごろりと横になった。

彼が樟田の蓮正寺裏の家を飛びだしたのは、もうずいぶん前のことである。

以来、病犬《やまいいぬ》さながらの放浪を続け、いま、南岳の麓のとある辻堂に体を休めているところだった。

それにしても、今のはどんな夢であったか。

思い出そうとしても、玄心の脳中には、いかなる残像もなかった。ただ不意にどこからか赤ん坊の泣き声がひびいてきたのである。あの声は、直《すなお》の声にそっくりだった——と、玄心は思った。

玄心が樟田にいたとき、志津は生まれた赤ん坊に、直と名付けた。

「ふん、直か——。兵庫の子にしては、しおらしい名じゃ」

などと、毒づいて、玄心は一顧だにしなかったが、ある日、何と思ったか、めずらしく傍に寄って、赤ん坊の顔をのぞき込んだ。

すると、いままで、無心に志津の乳房を吸っていた赤ん坊が、不意に玄心に怯《おび》えたごとく激しく泣きだした。

おのれを嫌ったものとみて玄心は、

「こいつ!」

舌打ちして赤ん坊の額を小突《こづ》いた。

「何をなさいます!」

志津が、きっとなって睨んだ。

「ふん!」

と、玄心は憎々しげに吐いて、

「それほど兵庫の子が可愛いか！」

と、立ち上がりざま、いきなり母子を足で蹴とばした。

「うぬっ！」

さらに、志津の胸元からころげ落ちて泣きわめく赤ん坊の頭を踏みつけようとした。

「あっ！」

志津がころがるように玄心の足にとりすがった。

猛り狂った玄心の足で、志津の顔は、おもうさま踏みつけられ、口や鼻から、真っ赤な血をしたたらせた。

志津の顔はみるみるうちに赤ぐろく膨れあがっていった。

志津が悶絶すると、そのまま玄心は家を飛び出し、二度と蓮正寺裏の家へは戻らなかった。

諸方を流れ歩いて、行くさきざきの民家や茶店で、押し入りや腕ずくの無心を平然と行ない、或は手頃な道場をみつけては、何がしかの草鞋銭をまきあげて酒食にあてた。

そして、昨日の暮れ方——。

薩摩の油谷《あぶらだに》に近い南岳の山麓で道に迷い、昨夜はこの辻堂に一泊したのだった。

夜が明け、陽はもうすでに高くのぼっている頃あいと思えたが、玄心は依然辻堂の中にねころんだままであった。

やがて——。

ふたたび玄心がまどろんで、どれほどの時刻が移ったであろうか。

玄心はあたりに人の気配を感じて眼を醒ました。

今度はまさに現実のものにちがいなかった。男たちの野卑な声にまじって、若い女の悲鳴が静寂の空気を裂いたのである。

玄心はにやりと気味のわるい笑いを口辺《こうへん》に漂わせた。

玄心は傍の大刀を引き寄せると外へ出た。案の定、一団の暴徒が、旅の若い女を無理矢理、林の中へ連れ込もうとしているところだった。

「よせ!」

石段を下りながら玄心は叫んだ。

が、男たちは、落ち果てた旅の浪人とみてまったく対手にしない。

ただ、ふりかえったひとりが、莫迦にしきった顔つきで、

「へん、駄さんぴん、すっこんでいろい」

と、ののしった。

そのとき、無造作に抜いた玄心の大刀が、いきなり男の背に振りおろされた。

「あっ！」

悲鳴をあげて斃《たお》れると、

「おのれっ！」

「叩っ斬れ！」

騒然となった男たちが、おもいおもいの得物をかざして打ちかかった。

玄心の白刃がめまぐるしく陽にきらめいて流れた。

男たちはつぎつぎに血を噴いてころがっていった。

「うぬっ！」

首領とおぼしき男が、後からおがみ打ちをかけようとしたとたん、ふりむいた玄心が凄まじい一颯《いっさつ》をくれた。

「うっ！」

苦悶の声をあげて絶命すると、残りの暴徒は、われがちに逃走した。

「危ないところをお助けいただいて、ありがとうございました」

女は玄心の傍に歩み寄って鄭重《ていちょう》に礼を述べた。ようやく二十歳を出たばかりの、色の白い細い面《おも》の美しい女であった。

「御恩は決して忘れはいたしませぬ」

ふたたび女が深く頭を垂れたとき、玄心の眼があやしく光った。

「……ならば、その恩を、今ここで返してもらおうか」

「えっ！」

「ふふふ……その美しい肌でな……」

仰ぎみた女の瞳のなかで、にわかに驚愕と憎悪が混乱したが、やがてそれは憤然たるあきらめの色に変わっていった。

八

翌る朝、玄心は麓の緩い勾配の疎林を西の方へ歩いていた。

仮寝した辻堂は出たものの、むろん、あてなどあるはずもなかった。

あたり一面を覆っていた霧はすでに霽《は》れて、蒼々たる空が梢の上にのぞかれたが、蓬髪《ほうはつ》の下に陰欝の眼を濁らせ、深い倦怠《けんたい》と、疲労の影をおとして歩く玄心の姿は、塵塚へよろぼう蒼朮《そうそ》のごとく見えた。

——さて、何処へ行くか？

思案の眼を投げて自問したとき、玄心は思わずぎくりとなって足をとめた。

右手の奥まった樹間に縊《くび》れ死んでいる若い女の姿を認めたのであった。

——もしや？

暗い疑惑が玄心の胸をかすめた。

末枯《すが》れた草を踏みしだいて近付くと、死体はやはり、昨日玄心が辻堂で犯した女であった。

玄心から受けた恥辱に耐えられず、女は辻堂を出るとすぐ自らの生命を絶ったために、此処へ来たのであろう。

昨日までの匂うような初々しさは失せて、すでに赤ぐろい痣《あざ》を点々とにじませた死相を蕭条《しょうじょう》たる林の中にさらしているのであった。

——莫迦《ばか》な……

誰にともなく玄心は忌《いま》わしげに呟きすてたが、さすがに胸の奥が疼《うず》いた。

せめてもの供養に、樹陰に穴を掘り、おのれの手で埋葬しようと思った。

玄心が女の死体に手をのばしかけたときであった。

「玄心ではないか？」

するどい声が林の中にひびいた。

ぎくりとなってふりかえったとたん、玄心は、

——あっ、
と、声をのんで、おどろきの色を顔面に凍てつかせた。

厳酷の相貌に無数の皺をきざみ、炯々《けいけい》たる眼光を送っているのは、おのれが夢寐《むび》にも忘れたことのない師の角斎ではないか。

玄心は、蒼惶《そうこう》と退散すべく心は逸《はや》ったが、さながら角斎の眼光に射竦《いすく》められたごとく五体が硬直した。

「先生!」

覚えず、畏怖とも懐しさともつかぬ声が、玄心の口からほとばしり出た。

いまに角斎の携えた自然木が、熾烈な音を立てて落ちるのを覚悟しながら、玄心はにわかに角斎の前に馳せ寄って跪《ひざまず》いた。

玄心はこれまでのおのれの所行の一切を角斎に述べた。

そして、さらに女に対する昨日の無体がこうして彼女を死に追いやったことを告白した。

「さて、さて……その方も、よくよく畜生道に落ちたものじゃのう」

角斎は玄心の縷述《るじゅつ》する様をみおろしながら撫然として呟いた。

「先生より教導受けました霞流の剣、すべて悪事にのみ遣って参りましたこと、今は慙愧《ざんき》に堪えませぬ。何卒《なにとぞ》、先生より存分の成敗を賜わりとうございます」

「ふん、しおらしいことを！　玄心、その方まこと心底よりそう思うのか？」

「はっ、いつわりは、さらさら……」

玄心の面貌には、おのれが今までに犯した罪業《ざいごう》への深い懺悔《ざんげ》の色がありありと見てとれた。

「ならば、玄心――、その方、今一度御池へ立ち戻るがよい」

「は？」

「それほどの覚悟があれば、新しい人間に生まれかわって、ふたたび霞流の修行にはげむのじゃ」

「先生！」

意外な角斎の言葉に、玄心は夢かとばかり狂喜した。

「そ、それを、私におゆるしくださいますのか？」

「うむ……その方さえ、まこと悔悟《かいご》の心があればな」

「ありがとうございます」

恐懼《きょうく》して平伏する玄心に、角斎はなおも哀憫《あいびん》の眼射しを向け、

「その前に、樟田へ立ち寄って、志津を連れて参れ。直とかいう子供も、兵庫に代わって、その方が育ててやらねばならぬ」

と、言った。

「はっ！」

滂沱《ぼうだ》と流れる涙を押しぬぐいながら、玄心はふたたび角斎の前に突っ伏した。

角斎は薩摩の飛田の豪族、野津原忠興に招致され、その帰途、南岳に遊行したのであった。

その後、蝦野《えびの》、林田《はやしだ》、新燃《しんもえ》の各地に隠棲する著名の兵法者を訪ねる予定だったので、ひとまず玄心と別れて蝦野に赴いた。

玄心は角斎の命令通り、樟田へ向かった。過去の放埒《ほうらつ》な生活から足を洗って、ふたたび角斎の許で修行できることを思うと心がおどった。

玄心が久しぶりに樟田へ帰着したのは、翌る日の夕刻であったが、すでに蓮正寺裏の家に志津や直の姿はなかった。

——はて？

疲れた足を引きずるようにして蓮正寺の住職を訪ねた。

「中臣部玄心と申す者でござるが……」

と、名のると、住職は、

「以前、裏に住んでおられた御仁じゃな」

「左様でござる」

「はて？　また立ち戻られたか……厄介ばらいができて、ほっとしていたところであったが……」

と、皮肉な言葉をくれた。

玄心はおだやかに笑んで、御坊に譴責《けんせき》を受けるのも道理……返す言葉もござらぬ。が、今後は性根《しょうね》を入れかえ、旧師の許《もと》で兵法の修行にうちこむ所存。ついては、それがしの妻子の行方を御存知あるまいか——と、問いかけた。

すると、住職は、

「それは奇特なこと……。雑言《ぞうごん》はおゆるしあれ」

と、詫びて、

「お手前の発起《ほっき》、今すこしはやければ……」

と、無念そうに返した。

そして、つい数日前のこと、志津はひっそりと家をたたんで、隣家の誰にも行方を告げず、直とともにこの町を出て行ったと語った。

玄心の面上にみるみる深い愴恨《そうこん》の色が翳《かげ》った。

九

その後——御池に戻った玄心は過去の陰悪な生活の一切を忘れて、ひたすら霞流の錬磨に没頭した。

連日思うさま角斎に打ち据えられ五体砕くるばかりの痛苦を味わう一方、池畔の樹々はもとより、水に映る雲や飛び交う野禽《やきん》を対手に精妙の技を練り、あるいはまた、瞬時に放つ小柄で樹間の蜘蛛《くも》や蜉蝣《かげろう》の身を縫う——そんな微妙な技をも必死になって工夫した。

究めれば究めるほど剣の道は遠く険しく、そして底知れぬ疑惑を次々に生じて玄心を苦しめた。

剣の勝敗はいずれの時においても一髪《ぱつ》の差異と毫秒《ごうびょう》の遅速《ちそく》によって決する。位、体、気——はもちろん、間合、剣の長短、一剣一理、不変不動の究理にいたるまで、いっさいの努力がこれに凝集されてこそ霞流の真諦は得られると、角斎は説くのであった。

やがて五年の歳月が流れて、元和《げんな》六年秋――。

角斎の峻厳な示教を倦《う》むことない玄心の苦行が実をむすび、ついに玄心が霞流の秘奥を会得する日がきた。

「できたぞ、玄心！」

秋色濃い御岳《みたけ》が原《はら》の原頭《げんとう》で、わがことのように欣喜して絶叫する角斎の声を聞きつつ玄心は、夥《おびただ》しい体力の消耗と激烈な剣の猛気に、自らの身を灼いて昏倒した。

その年の暮れ――。

玄心は角斎により作前家の兵法指南役に推挙された。

出立の日、狭野の里がはるかに見おろされる荒寥《こうびょう》たる草原の小径で、玄心はあらためて言った。

「先生、ではこれにてお別れします」

「うむ……心して行くがよい」

「はっ！　先生も幾久しゅう御壮健にて……」

玄心は咽喉をつまらせた。

「玄心の今日あるは、ただ、ただ先生の御教導の賜《たまもの》でございます。ひとたびは畜生道に落ちました玄心を……」

「過ぎ去ったことは言うまいぞ、玄心……」

日頃は苛厳な角斎が、やさしげな微笑をおくった。

「はっ！」

碧《あお》く澄みきった空の高みから、南国の秋の陽射しが燦々《さんさん》と降りそそいでいた。

玄心が新しく仕える作前隆章は、日向桜山の城主で、英邁《えいまい》豪気の武将として知られていた。玄心は桜山に着いたその日、先ず老臣川尻宗親を訪ねて角斎の添書を差し出した。

案内の女によって客間に通された。ほどなく宗親があらわれ、鄭重に遠路の旅をねぎらった後、

「実はそこもとの仕官につき、困ったことが起こってな」

と、きり出した。

「……と、申しますと？」

「人吉の丸目蔵人佐殿からも御門弟の推挙があってな……。中館九郎右衛門と申される御仁じゃが、あいにく角斎殿の推挙と重なってしまった。周知のことと存ずるが、当主隆章様は丸目殿とはいたって昵懇《じっこん》の間柄——。無下に断わることもでき

ず、いや、困ったことでござる」

と、言うのだった。

丸目蔵人佐と言えば、上泉伊勢守門下の随一で、新陰流の極意を得たのち、タイ捨流を創めて人吉相良家の兵法指南役に迎えられた高名の剣客である。今はひとり相良家の指南役にとどまらず諸家との交際もひろく、九州の兵法家中隠然たる勢力をもっている人物である。

「そこで当家としては……」

と、宗親は言葉をついで、いずれを断わっても角が立つし、両人の伎倆を検分した上で、試合の勝者を指南役に迎えたい——と、語った。

「いかがでござるな、玄心殿——」

「結構でござる。仰せの通りしたがいましょう」

玄心は恬淡《てんたん》としてそれを諾《うべな》った。

翌日——。

中館九郎右衛門と玄心の試合は、桜山城本丸の南広場において行なわれた。

正面に城主作前隆章、その下に川尻宗親はじめ重職の老臣たちが居並び、他に家中の主だった面々が列席してみまもった。

審判にあたったのは、丸目蔵人佐である。

蔵人佐の門人中もっとも傑出した剣士は、後に心貫流を創始した奥山左衛門太夫忠信であるが、若年とは言え中館九郎右衛門は、この左衛門太夫忠信と互角のたたかいぶりをみせるという人物であった。

「いざ!」

幔幕をうちめぐらした場内に、やおらすすみ出た九郎右衛門と玄心のふたりは、
凛たる気合とともにぱっとわかれた。

いずれも青眼にとったが、やがて、つつ——と、ふたつの影が滑るように相寄って木太刀の先端がふれ合った刹那、

「やあっ!」

肺腑をつんざく気合がおこって黒影が躍り立った。

——おっ!

人々が息をのむ。激突寸前にふたつの影はくるりと反転してふたたび固着の状態となる。

ややあって——。

九郎右衛門がさっと青眼の切っ先を押し出した。

——むっ、

と、外すように玄心がひいた瞬間、翻然地を蹴った九郎右衛門が木太刀をたたきつけた。下から受けとめた玄心が、体をひらきざま横薙ぎに九郎右衛門の胴をはらった。

「それまで!」

するどい一声がかかって、蔵人佐の白扇が玄心に向かってさしのべられた。

蔵人佐は玄心の勝利を隆章に言上した後、

「さすがは音にきこえた筒戸角斎門下の逸足《いっそく》……」

と、しきりに玄心の腕を賞揚し、

「よもや、九郎右衛門の業前《わざまえ》ほどには……と、あなどっておりましたが、いやはや、蔵人佐の愚かしい思いあがりでござった」

と、言った。

そして、おのれの弟子の九郎右衛門のことは措《お》いて、あらためて自らも玄心を作前家の兵法指南役に推挙して、人吉へ引き揚げて行った。

こうして玄心の仕官は、蔵人佐の口添もあって、他に何人の異存もなく決定したのであった。

十

それから二十年の長い歳月が流れ、玄心の門からは、多くの秀れた剣士が輩出した。

かつては、霧島山麓の野武士も同然の無禄の兵法者が、いつか作前家にあって高禄を食む身となっていた。

玄心の剣名はいよいよ高く、他藩からの要請もあって、彼の門下に加えられる武士も多かったが、五十の坂を越える頃より、道場は高弟にまかせて、直接おのれが木太刀をとって指導にあたる機会は稀であった。

そうしたある日――。

遽《あわただ》しく廊下をわたる門弟の足音に、玄心はふと眼が醒めた。

つい、またうとうとまどろみかけているところであった。

やがて、その足音が障子の外にとまると、

「先生――昨日の兵法者が参りました」

と言う砥上源五右衛門の声がきこえてきた。

「うむ……」

やおら床の上に起き直って、玄心は傍《かたわら》の冷えた薬湯を啜《すす》った。

「いかが取り計らいましょうや?」

源五右衛門が急《せ》き込んで問いかけた。

「立ち合うと伝えい」

と、玄心は応えた。

が、源五右衛門はすぐには立たず、

「しかし……」

と、重く呟《つぶや》いて、躊躇《ためら》いの気配を示した。おのれの容態を案じているのであろうと読んで、玄心は、

「大事ない」

すぐ行くから、道場へ通しておくように——と、命じて早々着替えにかかった。

……昨日の暮れ方のことである。

背戸につないだ黒丸が、突然異様な唸《うな》り声をあげた。

黒丸は常々玄心が寵愛している土佐の猛犬だ。

聞きつけた門弟数人が外へ飛び出した。

と——。

ひとめで旅の兵法者と知れる男が、塀の際の枝を撓《たわ》めて熟柿を盗んでいる。

年の頃は二十五、六——遠路の旅を来た者らしく、陽に灼けた面貌に、風塵にまみれた小袖、野袴。が、すずやかに秀でた眉宇《びう》や、高い鼻梁のあたりに、不屈の気概をひそめた美丈夫である。

「よさぬか、柿盗人!」

門弟たちが侮蔑の声を投げた。

兵法者は、しかし故意に聞こえぬ態《てい》を装って、なおもあかあかとよく熟れた顆粒をえらんで捥《も》ごうとする。

——うぬっ!

血の気の多い連中が黒丸の鎖を解いてけしかけた。

——今に、吠え面かくな!

一同みまもる中を猛然と黒丸が突っ走った。

しかし——。

兵法者めがけて、黒丸が烈躍した瞬間、きらっ——、と兵法者の腰から鞘走った一刀が落日を返して流れた。

すでにそのとき、黒丸は真っ二つに胴を裂かれて地に這った。

あっ、という間のできごとであった。

騒然となった門弟たちが、

「おのれ、よくも！」

「ええい、引っ捕えい！」

口々におめきながら、一挙に兵法者におそいかかったが、またたくうちに撃退されてしまった。

兵法者は冷然と笑って、

「方々の師、中臣部玄心殿に伝えられい、明朝あらためて参上するとな……」

と、告げ悠然と刀をおさめて立ち去った。

玄心は、昨日その報告を源五右衛門から聞いたとき、

「愚かしいことを……」

と、わずらわしげに呟きすてたのみであったが、

——何かある。

行きずりの旅の兵法者にしては、念が入りすぎている、と心の中では思っていた。

約束通り今その兵法者がやってきたのである。

二、三度しわぶきながら廊下へ出ると、玄心は揺れるような眩暈《めまい》を堪えながら静かに道場へ足を運んだ。
ふと庭の隅に眼差しを投げると、薄紅くなった病葉《わくらば》の上に、晩秋のおだやかな陽射しがひっそりと溜まっている。

それが今の玄心には、ひどく眩しいものに感じられた。

玄心がちん疾《しつ》をわずらってから、もう二十日にもなろうか。

以来、彼はまったく道場へは顔を出していない。

最近幾分か快方にむかっているものの、それでも鈍い痛みを頭の奥に感じて、萎えるように全身がけだるい。

道場には多くの門弟たちが粛然と居ならび玄心を待っていた。

すでに昨日の兵法者を迎えて、あたりに沈欝の空気が漂っている。

道場の中央にひかえた兵法者を、玄心はじろりと見遣って、

――はて?

どこかで見たような面相だと思った。

柿盗人の忸怩《じくじ》たる風情は微塵も見られず、若くたくましい面貌をあげ、昂然《こうぜん》たる気概を示している。

——ただ者でない。

玄心は咄嗟《とっさ》にそう感知した。

が、さあらぬ態にて、

「お待たせした」

と、一揖《いちゆう》した。

長いわずらいの所為《せい》であろうか、玄心はなんとなくこの若い兵法者に、おのれが気圧《けお》されているような不安を覚えた。

ややあって、兵法者はふところからつややかな数顆の柿の実を取り出して玄心の前に置いた。そして、

「あらためてお返しする。昨日は長い旅を続け当地に参ったばかりで、あまりの空腹ゆえに無断にて失礼したが、本日は宿の近くで購《あがな》って参った」

と、言った。

——此奴、若者のくせに、わしをからかいおる。

玄心は、はりつめた緊張をほぐされた思いで、思わずにこりとなった。

兵法者は続けた。

「犬はやむなく斬り捨てたので、お返しできぬが……」

「おかまいあるな。けしかけた門弟どもが悪うござる」

「いや、これは恐縮……」

兵法者は微笑んだ。

「さて……お手の内拝見いたそうか」

と、玄心は促して、

「流儀は？」

と、訊ねた。

「戸苅流をいささか……」

「戸苅流？　ならば、肥後のお人か？」

「いや……樟田でござる」

「……？」

いぶかしげな視線を投げる玄心に、

「奥日向の樟田でござる」

兵法者は、ふたたびゆっくり念を押すように言って、きらりと双眸にするどいものを走らせた。はっとして、

「……ならば、もしや？」

「お気付きでござろうか、戸張兵庫が一子、直——でござる」

凄涼《せいりょう》さをおびた声がひびいた。

「今は改名して戸張右近と申す……」

異様な衝撃が玄心の脳中に突風を巻き起こした。

「……」

息をのんで食い入るように兵法者の面貌を凝視した。

——そうか、そうであったか!

声なく叫んだ玄心の胸を暗然なる感慨が噛んだ。

「父、兵庫の無念を晴らしたく罷り越した……いざ!」

凛として冴える声音をひびかせ、右近は傍の大刀を引き寄せるや、すっくと立ち上がった。


——むっ……

玄心の口から低い呻《うめ》きが洩れた。

病のために視点がさだまらず、ひたとつけた右近の一刀が朦朧《もうろう》とかすんで見えた。

玄心は左下段におとした切っ先を、右近の膝下につけて、

すーっ
と滑るように右へ移動した。

続いて――。

右近が静かに逆に回り寄った。

と、やがて、はたと静止した玄心が、おもむろに切っ先を上にうつしはじめた。

はやくも霞流必殺の刺撃が右近の胸元を狙って放たれる筈であったが……。

右近は依然射すくめるような瞳をおくったまま、おなじ位を保って身じろぎもせぬ。

戸苅流は奥州相馬四郎義元の創めた念流の分派で、源流にならい闘いにおいては、精意無妄――、機運熟しおのれのうちに剣の猛気を沸騰させた刹那、翻然地を蹴って攻撃に転じ、瞬時に勝負を決する苛烈な剣法である。

いま――。

玄心は右近の見事な構えに目を瞠《みは》った。

――よくぞ、これまでに！

ひそかな賞讃をおくりつつ、もはや右近に討たれることに、何の躊躇《ためらい》も感じていなかった。

死への不安や怖れは毫《ごう》もなく、清澄な安らぎの世界に身をゆだねているような不思議な一刻であった。

「えいっ！」

右近が突如澄んだ懸声とともに転瞬の白光を走らせた。

寸前――一歩踏み込んだ玄心の体と右近のそれとがひとつになってぶつかり合った。

と、みるまに玄心の体はくるっと翻転してはるか後方に跳び退った。

間髪を入れず、ふたたび躍り込んだ右近が豪快な一撃を放った。

一瞬、ぱっとひらいた玄心の前に右近の半身が揺れた。

――いま！

見まもる門弟たちが、いちように唸った。

と、不意に玄心の動きが鈍った。

――あっ！

一同が覚えず固唾《かたず》をのんだそのとき、身をひねりざま、右近の一刀が横なぐりに玄心の胴を薙ぎ斬っていた。

「見事……」

ゆらりと崩折れながら、玄心が莞爾《かんじ》と微笑んだ。

「玄心殿！　何故に……態《わざ》と？」

右近が疾呼《しっこ》して馳せ寄った。

玄心は、しかしそれには応えず、

――これでよい……これでよいのだ。

と、おのれに言いきかせつつ、

「母御は……母御は健在か？」

まさに消え尽きようとする生命と知覚とを必死に持ち堪えながら声をしぼった。

混沌たる意識のなかで、玄心がとらえたものは、遠い虹のように浮かぶ志津の面影だったのである……。

御影秘帖

一

私の在住している宮崎市の有力な郷土新聞に、先日、興味あるニュースが発表された。と言っても、派手な社会面の片隅に小さく扱われただけで、何等刺激的な記事ではなかったから、大方《おおかた》の人には黙殺されたであろうが、少なくとも、県下の郷土史家たちにとっては、珍重すべきものであった。

私の知友である郷土史家のH氏などは、病軀をおして現地へ急行したくらいだ。

ニュース・ソースは奥日向の辺境御影村《みかげむら》三の水部落である。

其処《そこ》の大渡浅右衛門氏宅において、今から約百八十年前、御影地方を治めていた御影城最後の城主、宇呂井信武の位牌と遺墨とが発見されたのである。

宇呂井家は天平勝宝《てんぴょうしょうほう》の頃より、およそ八百年にわたって、御影地方を統治していた豪族である。

天正十五年、高橋元種が豊臣秀吉の命によって、延岡城主として乗り込んできたとき、周辺の豪族はすべて元種の軍門に降った。が、智略と豪勇を以て知られた宇呂井信武のみが、家臣と共に要害の城を守って頑強に抵抗し、ために元種は容易に攻められず、おびただしい死傷者を出して苦境に陥った。

しかし――。その後、御影城の家老、津布久曾根《つぶくそね》の内通によって城は落ち、宇呂井信武の一族郎党はすべて自刃して果てた。

無論《むろん》、現在はその直系を名乗る家のあろうはずはないが――。大渡家の姓は、元大館と称し、また宇呂井家の祖も、同じ大館を名乗った時期があり、今また、大渡浅右衛門方に信武の位牌が発見されたことから、大渡家と宇呂井家とは、何等かの関係があったのではないかと、H氏は帰る早々私に話してくれた。

以上のことは、乱世にあっては、何処にでもありがちな落城悲話であり、とりたてて興味あるものとは言えないが、これに付随して面白い話がある。

大渡浅右衛門氏宅においては、代々津布久曾根をまつる白の水部落の津布久明神には、決して参拝してはならぬ――。という掟《おきて》があり、また家長は肉食の禁制もあって、浅右衛門氏は、今日でも全く肉類を口にしない。ただ家族たちは食べるが、それでも家の中では禁止されており、庭に筵《むしろ》を敷いて食べる慣わしだというのである。

そこで私は御影城に関するさまざまな資料や古書を渉猟《しょうりょう》しているうちに、落城以前にも次の如き異変のあったことを知ったのである。

二

永正十七年三月、御影城内において恒例の武芸紅白試合が挙行された。

時の城主は宇呂井光成である。

いずれも腕自慢の若者ばかりが出場する慣例《しきたり》であったが、その年にかぎって、主将同士には老臣が選ばれた。

紅組の主将は天花寺《てんけじ》左兵衛、当年六十八歳。白組の主将は対島八十五郎、当年六十九歳。両者とも若い頃より、武辺者《ぶへんしゃ》として近隣に聞こえ、度々の合戦にめざましい手柄をたてた。

が、いかに武辺者とは言え、齢すでに七十に近い老人両名を、紅白試合に出場させるとは異例のことであった。

家中一統へは、あらかじめ、両名の模範試合を行なうためと触れてあった。

その頃――。御影領においては、先主宇呂井光隆が没し、その子光成が後を継いでより、周辺の臼杵郡及び梶金、羽田、猪堀もようやく治まって、一時平和が続いた。

そのため、若侍たちの間に軟弱の気風が瀰漫《びまん》し、毎年行なわれる紅白試合に見るべきものがない。

家老津布久金政が、天花寺左兵衛と対島八十五郎の模範試合を光成に進言したのはそのためである。

両名とも、初めは老軀を理由に固辞したが、光成たっての命と達示されては従わざるを得なかった。

が、表面なにげないこの主命の裏には、津布久金政の陰険な策謀があったのである。

天花寺左兵衛と対島八十五郎とは、ともに弱年の頃より、戦火の中を生き抜いてきた武辺者同士のことゆえ、おたがい気心も合って、その仲はいたって睦まじかった。

天花寺左兵衛に二人の子があった。

姉を津々美、弟を源次郎という。

津々美は評判の美人で、しかも陰流《かげのりゅう》の剣をよく遣《つか》った。家中の若者たちが、それぞれに想いをかけたが、早くから対島八十五郎の子、真十郎との仲が噂にのぼっていた。事実、両家においては、親同士も喜んで二人の仲をみとめ、近く機会をみて娶《めあわ》せるつもりでいた。

宇呂井家中においては、真十郎と津々美との仲を似合いの夫婦として、微笑ましく思う者もある一方、羨望《せんぼう》と嫉視《しっし》とで陰湿な眼を光らせる者も少なくなかった。特に、想いを遂げられなかった若侍や、縁談を持ち込んで断わられた家の人々にそれが多かったのは当然のことであった。

なかでも、家老津布久金政の嫉《そね》みと憤りは底知れぬものがあった。

金政の末子を代之助と言った。対島真十郎と同年で二十四歳。真十郎と共に宇呂井家の兵法指南役、高沢鉄心斉の門に学んで抜群の技倆を見せていた。

家臣たちの間で、話題が武芸の事に及ぶと、とかく二人の業前《わざまえ》が取り沙汰された。が、津布久金政の人柄を好まぬ者の多い家中では、勢い真十郎の方が贔屓目《ひいきめ》で見られた。

その事に薄々気付いていた金政は、かねてより真十郎を疎《うと》ましく思っていた。

たまたま、金政は天花寺左兵衛に津々美を代之助の嫁にと申し入れた。しかし、真十郎と津々美とが、近く祝言をあげる段取りになっていることを理由に、即座に断わられてしまった。

金政はやり場のない憤懣《ふんまん》を天花寺、対島の両家に向けて、激しい嫉妬に狂った。家老職の俸禄、三千石の誇りが、一族合わせても高々千石にも満たぬ天花寺、対島両家の人々に、無残に傷つけられたような妄想を起こしたのである。

そこで、近く行なわれる恒例の武芸紅白試合において、わが子代之助が家臣たちの面前で、真十郎をうち破ってくれれば、聊《いささ》かでも溜飲が下がるかも知れぬと考えた。

期日が迫ってくると、おのれの指図で強引に二人を組み合わせた。代之助の敗北も考えぬではなかったが、運を天に任せた。

そして、今ひとつ、腹黒い趣向を思い付いてひそかにほくそ笑んだ。つまり、模範試合と触れて、天花寺左兵衛と対島八十五郎とを立ち合わせることであった。

おたがいに、仲の良い武辺者同士の対戦とは言え、年に一度の紅白試合ならば、双方、遠慮や手加減のあろうはずもなく、必死になって戦うに違いない。さすれば勝負はどうであろうと、立ち合いの結果は、のちのちまで固い痼《しこり》となって両家の間に残るやも知れぬ——。と考えたのである。

浅はかなたくらみであったが、事態は意外な方向を辿って進展した。というのは、試合当日になって、起床したばかりの天花寺左兵衛が、井戸端で口を漱《すす》いでいて、突然喀血《かっけつ》したのである。

仰天した家士の大渡伝吾が、家老の許《もと》へ駆けつけて、試合不能の事を報告した（冒頭に述べた大渡浅右衛門氏は、この大渡伝吾の末孫である）。

金政は伝吾の報告を聞くとにわかに不機嫌になった。

必死になって、主人左兵衛の出場取り消しを嘆願する伝吾の頭上に皮肉な言葉を浴びせた。

「ふん、左兵衛め――仮病などつかいおって……」

「いえ、決して左様なことは……」

「なに！」

「はっ……」

「長年、戦場で鍛えた左兵衛が自慢の体――そう、たやすく急変されてたまるか――」

初めて間近に聞く家老の怒声に、気の弱い伝吾はいっぺんに竦《すく》みあがって、わなわな震えだした。

「よいか、何としても出場させるのだ」

「御家老様、何卒その儀ばかりはお許しを……」

「下郎――わしの言葉に逆らう気か」

一喝して睨み据えた金政が、しばらく何事か思案している風であったが、ふと冷笑して想いもかけぬことを伝吾に命じた。

「……ならば、左兵衛の娘に、父親代わりに出場するように伝えい」

「は――」

「津々美とか申す娘、無類の剣術狂《ぐる》いと聞いておる。恰好の代役じゃ……。しかと申し付けたぞ」

と、言い捨てると、さっさと奥へ消えてしまった。

平伏《へいふく》していた伝吾は沈痛な面をあげると、一散に天花寺家へ駆け戻ってこの事を伝えた。

伝吾より仔細を聞いた天花寺家では、事態の急変に狼狽《ろうばい》した。

左兵衛は喀血後直ちに奥の間に安静させられたきり、物も言えず苦しそうに喘いでいるばかり。もはや天花寺家の人々にとっては、今日の紅白試合など、どうでもよいことであったが、突然の津々美への出場催促に愕然《がくぜん》となった。

津々美が父親代わりに、男ばかりの御前試合に出場し、やがては舅《しゅうと》となるべき老齢の対島八十五郎と立ち合うなど、想像し得る埒《らち》の外のことだった。

が、家老の命にそむくわけにもいかず、津々美は仕方なく出場の意志を固めた。

津々美は当年二十一歳。色白の嫋々《じょうじょう》たる容姿、優しい眼眸《まぶた》、かよわいその腕が、ひとたび剣を執《と》れば、陰流の妙技を揮《ふる》うとは誰にも思えぬほどの美しさである。

三

陰流は愛洲移香久忠《あいすいこうひさただ》の創《はじ》めたもので、愛洲陰流《あいすかげのりゅう》が正しい呼称である。

久忠は鎌倉念流の祖、念阿弥慈恩《ねんあみじおん》斉《さい》の高弟である。回国修行の途次、日向の鵜戸の洞窟にこもって苦行につとめた。その時神霊によって秘技を得、爾来《じらい》その剣法を愛洲陰流と称した。

久忠の門下で最も著名な剣客は、上泉《こうずみ》伊勢守信綱である。

信綱は初め飯篠《いいしの》山城守家長の興した天神正伝神道流を学び、後に愛洲移香久忠の門に入って陰流の伝を得て、新陰流と名付けた。

信綱自身、のちに新陰流のほかに神陰流とも書き、また新影流とも書いたが、もともと新陰流が正しい呼称である。

久忠は晩年、日向の鵜戸の岬に住んで、日向守と称したが、永正十二年十一月、知友天花寺左兵衛に勧められ、門下の中城惟信《なかぎこれのぶ》をともなって御影に遊行《ゆぎょう》した。

その頃、津々美はまだ幼かったが、すでに父左兵衛より剣の仕込みを受け、すぐれた才能を見せていた。

久忠は、左兵衛の屋敷にしばらく滞在した後、惟信を御影にとどめ、おのれのみ鵜戸へ戻っていった。

久忠の配慮に左兵衛は感激した。以来惟信を師として、津々美の激しい修行が続いた。惟信の熱心な教導によって、津々美の剣技は長足の進歩を遂げた。

父左兵衛は勿論のこと、惟信さえも津々美と木太刀《ぼくとう》を合わせるのに、一種の戦慄《せんりつ》を感じるようになった。

やがて惟信は久忠の薦めによって、人吉の相良家に仕官した。惟信は津々美に対し、妄《みだ》りに他流試合に応ずることのないよう戒めて旅立った。

……今、わが家の大事に津々美の面は一層青白く、深く何事かを思いつめているようであった。

支度を整えると、愛用の木太刀を携え、大渡伝吾と共に御影城へ赴いた。

いよいよ試合の刻限である。

場所は日ノ出丸近くの二本松広場――。

城主宇呂井光成を中心に、家老津布久金政をはじめ重職の老臣たちが居並び、その他多くの家臣が列席して試合を見まもった。

家中の若侍十人ずつが紅白に分かれて戦うのであるが、何と言っても興味の中心は対島真十郎対津布久代之助――。及び対島八十五郎対天花寺津々美の対戦である。

見物の者にとっては、他の若侍の勝敗などもはや眼中にはなかった。

やがて――。真十郎と代之助の試合が始まった。

両者とも襷《たすき》がけに渋《しぶ》で浸《ひた》した汗どめの鉢巻きをしめ、それぞれ木太刀を執《と》って中央にすすみ出た。

家臣たちは、待ちかねた両名の立ち合いを固唾《かたず》をのんで見まもった。

両者たがいに目礼の後――。左右に身軽く飛び退《しさ》くや、代之助はいきなり上段に高くふりかぶった。

真十郎は木太刀を右脇前に右手で提げ、鋒《ほこ》を左斜めの下に向けて立った。両者ともしばらくそのままの体勢で攻撃の気配はない。

微妙な一瞬が流れた。

息づまるような静寂——。

忽《こつ》として、両者の剣尖《けんさき》が青眼に変じて、いずれもすべるように間境《まざか》えまで進み出た。と、真十郎が一足踏み込みかけた途端、代之助がすばやく片手薙《な》ぎの胴打ちを入れてきた。

真十郎は瞬時にそれをかわして飛び込み、構え直した木太刀を拝み打ちに振りおろした。攻撃の刹那に隙を生じた代之助の体が崩れて、受けた木太刀が折れ飛んだ。審判の高沢鉄心斉が真十郎の勝ちを宣した。すると、代之助が憤然となって異議を唱えた。

受けた木太刀が折れたまでのこと——。試合には負けておらぬというのである。

鉄心斉が苦笑した。

「……ならば、代之助、素手にて続けるがよい」

そっけない鉄心斉の言葉に、代之助は取りつく島もなく、しぶしぶひきさがった。

光成の側にあって、試合を眺めていた津布久金政が、代之助の敗北に色を失った。

——代之助め、真十郎ごときに、おくれをとりおって……

と、歯ぎしりしたが、仕方なくいま一組の試合に望みをかけた。

無理矢理、左兵衛の娘津々美に出場を命じた金政の肚《はら》の裏は——。若し対島八十五郎が津々美に敗退すれば、思いきり家臣たちの前で嗤《わら》ってやるつもりであった。

たとい、八十五郎が勝ったところで、女風情《おんなふぜい》を対手では、なんの名誉にもならぬこと……と、老いた武辺者と、兵法狂いの女との対戦を座興のつもりで仕組んだのであった。

まもなく副将同士の対戦も終わって、東側より対島八十五郎が、複雑な表情を湛えて老軀を見せた。

近年、眼疾をわずらってより、一層老けて見え、体も硬ばって、もはや往年の機敏さはとうてい望めぬ。

西側より津々美が白襷、白鉢巻の凛々《りり》しい姿であらわれた。

端麗な面が沈痛な心情を映して鮮かに冴え、家臣一同さすがに水をうったような静かさで彼女を迎えた。

津々美は八十五郎に対してつつましく目礼を送って前に進み出た。

やっ――。

八十五郎が、さっと左へ体《たい》を開いて八相に受けて立った。

さすがは命のある武辺者、いざ対手に向かって立てば、老齢ながら微塵《みじん》の崩れもみせぬ忽然《こつぜん》たる構えである。

津々美の足がぴたりと静止した。

そのまま、双方激しくにらみ合ったまま、隙を窺《うかが》っている。

身じろぎもせず、息苦しい時間が流れた。

と――。間髪の隙をねらって打ち込んだのが、双方殆ど同時であった。が、空しく木太刀は宙にからんで、八十五郎と津々美の体が縺《もつ》れた。途端に再びぱっと地面を蹴って、双方後へ飛んで元へ戻った。

家臣たちは思わず息をのんで、ふたりの見事な試合に見入っていたが、その時、意外な事が生じて、人々の間に動揺が起こった。

大方の眼には、立ち合いはなおも続行されるものの如く見えたが、高沢鉄心斉が、

「勝負あり――」

と、叫んで津々美の方へ鉄扇をさしあげた。

ところが、津々美が木太刀を置いて、

「参りました」

と、八十五郎の前にしとやかに頭を垂れたのである。

すると、八十五郎もまた悄然と項垂《うなだ》れて、

「津々美殿、お手をあげられい……負けたのは、このわしじゃ」

と、言った。

この様相を見て、家臣たちの多くは、まるで、狐につままれたような思いがした。

城主の光成もまた、しかと事情のわからぬままに、鉄心斉に理由を訊ねた。

「鉄心斉、両者とも参ったと言っておるではないか……仔細を述べい」

「はっ——」

鉄心斉の説明によれば、試合は当初から津々美が優勢で、しかも津々美は如何にして、八十五郎に勝ちをゆずるか、そのことのみに腐心していたという。

両者がぶつかり合った刹那に、津々美の木太刀が八十五郎の小手を打ち、同時に、故意に開かれた胴に、八十五郎の木太刀が入ったというのである。

鉄心斉の報告に、津布久金政はほくそ笑んだ。

津々美の思いやりは鉄心斉に鋭く見やぶられ、八十五郎の立ち場を、一層苦しいものにしたのである。

すかさず、金政が膝を乗りだして言った。

「年寄り思いの殊勝な心がけ——。八十五郎、……天花寺の娘が、ずんと気に入ったであろう」

「……」

皮肉たっぷりな言葉に、八十五郎は面も上げず、老いの身をおののかせた。

金政は一段と面白がって、なおも、

「さてさて、対島八十五郎も耄碌《もうろく》したものよのう」

と、浴びせて大声で笑った。

光成はかねて目をかけている八十五郎が、津々美に敗れたため、にわかに不機嫌になって席を立ちかけた。

すると金政が、

「殿――。しばらく……」

「何事じゃ」

「ついでに、津々美と八十五郎の子、真十郎とを立ち合わせてみましては……」

と、言った。

光成はもはや八十五郎のことで興醒《きょうざ》めし、面白くもなさそうな面持ちであったが、重ねての金政の言葉に、しぶしぶ元の座に着いた。

「鉄心斉――。殿が津々美と真十郎の試合を所望じゃ」

と、金政が命じた。

家臣たちは、思いがけぬ組み合わせに、好奇の心でざわめきたった。

津々美は、内心おのれら婚約者同士の立ち合いが、すでにこの場の余興の如く迎えられていることに憤って、金政をうらんだが、主命とあれば逆らうこともできなかった。

鉄心斉は両者を呼び出すと、改めて言い渡した。

「わしの眼を節穴と思うでないぞ、よいな——。天花寺の娘御《むすめご》……お手前とても武芸者、堂々と立ち合われるがよい」

……試合はまた意外な結果をよんだ。先刻の場合は、八十五郎老齢ゆえの敗北とも言えるが、鉄心斉門下の指折りの剣士、真十郎までが、津々美に敗退したのである。

金政はいよいよ面白がって、

「いやはや、今度は婿殿の負けか——。いや、結構、結構……。今年の紅白試合、例年より一段と面白かったぞ」

と、言って大仰に肩をゆすって嗤った。

四

その夜――。

対島八十五郎が屋敷の奥の書院で、腹かき切って果てた。

武辺一筋に命をかけて奉公してきた身が、老齢とは言え、せがれの嫁に迎えるべき女子《おなご》に、見苦しく敗れた事を恥じる書状が、光成へ遺されていた。

……切腹の際に、八十五郎は真十郎を書院に呼び入れた。

「よいか真十郎――。わしは殿へのお詫びに腹を切る。が、切腹はわしひとりでたくさんじゃ。お前までが死ぬいわれはないぞ」

「……………」

「ただ……なんとしても津々美殿以上の腕となれ。どれほどの年月がかかろうとも。それまで、津々美殿との祝言は許さぬ」

「はっ――」

……この頃は、まだ切腹に介錯《かいしゃく》が付き添う習慣《ならわし》はなかった。

介錯は切腹人の絶命を早め、苦痛を軽減するために行なわれるものであるが、それが作法として、とりいれられるようになったのは、江戸時代に入ってからのことである。

もっとも、それ以前に傍の者が、切腹人の苦悶に同情し、衝動的に胸や首にとどめを刺すことはあったが、無論、正式のものではなかった。

切腹の時に、腹一文字に搔《か》き切るとか、十文字に搔き切るとかいう言葉があるが、元来、十文字に切るのが定法《じょうほう》であった。

これについて、介錯の機会と腹を切る時の動作との関連について、次のような口伝がある。

三方《さんぼう》ヲ引寄スルヲ一トシ
刀ヲ執ッテ戴クヲ二トシ
左ノ脇へ立ルヲ三トシ
臍《へそ》ノ上マデ引クヲ四トシ
右脇へ引付ルヲ五トシ
十文字ニ立処《たてるところ》ヲ六トシ
半分引下ルヲ七トシ
下マデ引付ルヲ八トシ

刀ヲ右膝へ納ルヲ九トス

……切腹の作法に通じることは、武士にとっては不可欠の教養であったが、実際の場にのぞんでは、作法通りに行なうことは、よほど沈着の士でなければできぬことであった。

切腹は今まで悲愴な美しさを以て語り継がれてきたが、切腹の間際に見苦しく取りみだし、或いは刀を腹に突きたてるや、いきなり助けを求めて、笑い者になった例は少なくない。

赤穂浪士の切腹の見事さは、現在でも伝えられるところであるが、実際に刀を腹に加えた者は、殆《ほとん》どなかったというのが真相のようである。

討ち入り後、しばらく各大名に預けられた浪士たちの中にはおのれの最後を飾るべく、明けても暮れても切腹の作法ばかりに没頭していた者もあったという。だが、彼等とても、いざ切腹の際には、短刀を執る瞬間に介錯されて、あっけなく首を落とされたという。

切腹の姿勢には、立って切る場合と、すわって切る場合の二つがあるが、極くわずかな例として寝て切る場合もある。起きることもかなわぬほどの重病人や、重傷者が、寝たまま行なうのである。

十文字の切腹には、正十文字之法、異型十文字之法、鍵十文字之法、異型鍵十文字之法の四種があるが、対島八十五郎の場合は介錯人なしの古法十文字之法であった。

部屋の中央に屏風を立て、白絹で巻いた畳二枚を重ね、水色無紋の肩衣を着て、西向きに端座した。

三尺前の三方に腹切刀が載せてある。

腹切刀は柄を抜き取り、奉書紙で逆巻きにし、切っ先を五、六分残して、十二処《しょ》紙縒《こより》で結んである。

八十五郎は、おもむろに三方を引き寄せ、刀を執った。

真十郎は身じろぎもせず、大きく眼眸《まぶた》を開いて、父の微細な動作にまで、気を配った。

深く息を吸いながら、はだけた腹を静かに撫でまわしていた八十五郎が、ぴたりと老眼を据えた。

「真十郎――。さきほどのこと、きっと申し付けたぞ」

と、言ったかと思うと、さっとばかり切っ先を腹の左へ突き入れた。

ほとばしる血潮、真紅に染まる白絹――。

力いっぱいきりきりと右へ引き回し、それから、いったん刀を取り直して、刃を下へ向け、下みぞおちへ突き込むと、柄のあたりを逆手に、ぐっと臍まで押し下げた。

大きく割れた腹の中から、ずたずたになってあふれる血まみれの腸《はらわた》を、見苦しからぬよう、押し込め押し込め、八十五郎は最後の力をふりしぼって叫んだ。

「真十郎、さらばじゃ……」

「父上」

奥の間のただならぬ気配に、妻のいくが駆けつけたときすでに八十五郎は絶命していた。

……その翌日、天花寺左兵衛が腹を切った。

八十五郎の不幸な最後は、もとはと言えば、おのれの不甲斐なき病のゆえと詫びながら果てた。

八十五郎同様、見事な十文字の切腹であった。

二人の老臣の死を聞いた津布久金政は、おのれの浅慮《せんりょ》を省みるどころか、冷然と、ただ——

「御影の余計者も、おのれから果てる意地は、持ち合わせていたとみえる……」

と、吐いたのみであった。

五

対島家においては、八十五郎の切腹後、妻のいくもまた幾日も経ぬうちに、病にたおれて急逝した。

津布久金政の差し金で、閉門同様の身の上となった真十郎は主家を去って鵜戸へ赴いた。

父の遺言を守って、愛洲移香久忠より、剣の指導を受けるためである。

日向灘の荒波に洗われる海道を、さらに南の果てへとくだって行けば、茫々《ぼうぼう》と眩しい陽差しの中に、突如、亜熱帯の群落が広がって、旅人をおどろかせる。

ヒギリ、カナビヤ、ロロイシ、シャリンバイ――。亭々と伸びるビロウ樹が、広い葉を空にひろげて陽差しを遮り、ムサシアブミやクワズイモなどの間を、ゴミムシの類《たぐい》が飛び交うかと思えば、或いはまた大ムカデやカナヘビが襲いかかることもある。

久忠の庵《いおり》は、そんな植物の密生する鵜戸岬の突端、海に面した断崖の奇岩怪石に囲まれた波蝕洞窟近くの台地にあった。

……真十郎が仔細を話すと、久忠は沈痛な面持ちで聞いていたが、やがて静かに呟いた。

「八十五郎殿も、左兵衛殿も、あたら命を果てられたか……」

「………」

「金政殿も、つまらぬ細工をされるものよのう……。家老たる身が、なんとおとなげない」

心を許し合った年来の知己の不幸な最後に久忠は両眼をうるませた。そして、

「津々美の剣におくれをとるほどのお人ではなかったが……誰しも齢には勝てぬもの……。わしとても同じこと、もはや、お前に教えるほどの気力はない」

と、言った。

「父の遺言でございます。何とぞ、お側においでいただきとうございます」

「………」

「お願いでございます。今となっては、御影へは戻れませぬ」

「それほど言うなら好きなようにせい。………ただ――」

「は――?」

「今日から、お前の胸の中にある津々美を女と思うでない」

「はっ――」

「津々美の師は中城惟信じゃ。惟信の師はわしじゃ。わしを敵《かたき》と思って、隙あらば何時なりと斬りつけるがよい」

厳然とした久忠の言葉に、真十郎は身を固くして平伏した。

その後、久忠と真十郎とが寝食を共にする生活が始められた。

――師と思うでない、敵と思え。

真夜中、断崖にうち寄せて響く波音に、ふと目がさめて、久忠の寝息を窺えば、安らかに老眼を閉じて寝入っている。

――今だ。

咄嗟に枕元の木太刀を執ろうと思っても、おのれの心の奥まで久忠に見透かされているような思いがして、真十郎は悄然となって、おのずから竦《すく》めた体を、また蒲団の中にうずめるのである。

そんな夜が続いて――ある時、真十郎が津々美の美しい姿を思い描いて、輾転《てんてん》として眠れぬ夜をもてあましている時であった。

眠っているとばかり思い込んでいた久忠が、ふと、

「真十郎――。津々美との立ち合いなど諦めて、御影へ戻ってはどうじゃ」

と、呼びかけた。

「それでは、父の意志に逆らうことになりますゆえ……」

「津々美さえ承知ならば、父の遺言など、どうでもよいと思っているのではないのか？」

心の底まで射通すような皮肉な久忠の言葉であった。

またある時は――。

久忠の熟睡の機会をねらって、猛然と木太刀を振りかざして飛びかかったこともあったが……横臥していた久忠の体が、くるりと一回転したかと思うと、真十郎の木太刀は、空しく撥ねてころがった。

呆然となってたたずむ真十郎の肩に、立ちあがった久忠が、木太刀を執って激烈な打撃を浴びせた。

思わず怯《ひる》むところへ、また一撃――。

「笑止！　そのような未熟さで、陰流の極意が学べると思うか！」

久忠の大喝に、真十郎は萎えたる体をかろうじて支え、両手をついた。

「面目ございませぬ」

「眼に映る五体の隙ばかり窺って何とする！」

と、言うと、久忠はふたたびごろりと老躯を横たえると、何事もなかったように静かな寝息をたてはじめた。

……庵を出て、ビロウや蘇鉄の茂る群落を抜け、荒海に突き出た岬の突端に立てば、時に、沖合い遥かな彼方を、イルカの群れが、南国の陽光を受けて背を輝かせ、ゆるやかな曲線を描いて飛ぶことがある。

またある時は、絶壁の下の荒磯に、はるばると南洋のセグロ、ペナヌメ、イイジマの無気味な海蛇が漂着することもある。

岸に寄る海蛇をつつくと、疲れた海蛇は怒って、大きく飛びあがってくる——。そこをねらって、すかさず真十郎の大刀が一閃して首を刎《は》ねる。

時に為損《しそん》じて逃げられることもあれば、大きく胴のあたりを薙《な》ぐこともある。が、次第になれてこの頃では、あやまたず海蛇の首を落とせるようになった。

落ちた首を拾って持ち帰り、串に刺して長くとろ火にあて、数種の暖地植物の根と共に擂《す》り潰《つぶ》せば、効きめのよい傷の薬膏《やっこう》となる。

久忠の創案するところであるが、それをねらって、しばしば薬商人が訪れた。

人里離れた二人きりのわびしい暮らしの中で、声高に物言いの響くのは、そんな時に限られていた。

花が散り、四月も終わりに近づくと、亜熱帯の樹木の群落が一段と鮮かな緑に輝きはじめる。――が、それも束の間、南国はすぐ雨季に入る。

生ぬるい海風に、連日雨雲が低迷し、降りみ降らずみの陰湿な天気が続いたかと思うと、翌日は、突如車軸を流す大雨となる。

……陰流においては、剣の技倆のほかに、心法を厳しくいう。

久忠は、行き来起《いきお》きふしの振舞いから物言いに至るまで、剣の道に通ぜざるはなし、と説き、庵での薪水の労をとる賤役《せんやく》も薬膏作りも、すべて修行と心得させた。

食を絶って、岬の一枚岩の上に端座し、雨の中でも何日も祈念をこらすことを命じることもあった。

断崖に激しく砕けて飛沫《しぶ》く波――。朦々と煙霧の如くひとつに溶ける暗い天と海を眺めて、真十郎は一塊の岩のように連日すわり続けた。

そんな時、真十郎の心の隅に、わずかでも俗念の生じようものなら、いつのまに忍び寄ったのか、きまって、久忠の激しい木太刀が振りおろされた。

そして、巌頭に展開される凄絶死闘の如き荒稽古。

陰流では、片手突き、片手なぐりをよく遣う。戦場においては、剣は両手で遣うとは限らぬ。馬に乗った時、大事な持ち物のある時のことを慮《おもんぱか》って、久忠が練った独得の刀法である。

浮き手、跳ね足、懸け腰、回り飛び――。いかなる場合でも、それに即して左右自在の片手が遣えなければ、目録伝授は覚束《おぼつか》ない。

陰流に目録二段の伝授がある。目録、後巻目録がそれである。

対島真十郎が、遂にその目録を得る日が来た。

雨季が去って真夏――膚を灼く光の中で、汗と脂に塗れた真十郎に稽古をつけていた久忠が、突然構えを解いて言った。

「其の方、御影へ戻ってよいぞ」

「えっ――」

「津々美との立ち合い、もはや無用じゃ」

「何と仰せられます？」

「勝てる……津々美に勝てるよう成長したのじゃ」

「は、はっ――」

真十郎は抑えきれぬ喜びに咽喉をつまらせながら巌頭に平伏した。

渺々《びょうびょう》として広がる紺碧《こんぺき》の海原を、イルカの群れが、幾つも大きくゆるやかな弧を描いて飛んでいた……。

六

津布久金政は、対島八十五郎と天花寺左兵衛が切腹し果てて以来、対島、天花寺両家の怨念を怖れて、多くの腹心を側において、身辺を見張らせていた。

が、すでに対島家は四散し、天花寺家においても、妻の香重が逝ってからは、津々美とその弟の源次郎、それに家士の大渡伝吾が、ひっそりと家を守って暮らしているだけであった。

今まで、大事の起こりそうな気配は感じられなかったが、出奔して消息を絶っていた対島真十郎が、鵜戸にあって修行を積み、近く御影へ戻ってくるという噂に、金政の心は落ち着かなかった。

真十郎が帰着するという前日、腹心を集め、真十郎暗殺の姦計《かんけい》を練った。

御影領東端、海道の岩山、鋏岳《はさみだけ》の辺りに待ち伏せて、真十郎を討ち取ろうというのであった。

直ちに手練《てだ》れ十名を駆り集め、子飼いの剣士十名を加えて鋏岳へ急行させた。

むかえ撃つ場所は鋏稲荷《はさみいなり》前。

人家には程遠く、崖下には深い自然の洞窟が、幾つも無気味な口を開いて、多勢にてかかるには恰好の地形をなしていた。

……真十郎は、津々美との久々の対面を思い描きながら、晴れ晴れとした気持ちで海道を歩いていた。

みはるかす南の海の眺望は、どこまでも広く果てしないが、左手には熱気に乾いた鋏岳の赤い崖肌が迫っている。

燃えるような日盛りの照り返しの中を、真十郎が鋏稲荷の洞窟前まで来た時であった。さっと一本の矢が飛んできた。

無意識に躱《かわ》して突っ走り、岩陰に身をひそめて辺りを窺った。

殺気をはらんだ息づまるような静寂——。と、多くの足音が激しく乱れて、前方の洞窟から、わらわらと黒装束が躍り出た。

間近に迫った敵が、いっせいに抜き連ねた白刃を揃えて襲いかかった。

「おのれ、何者」

真十郎が叫ぶと、頭領らしい大兵《だいひょう》が、

「対島真十郎——上意じゃ」

「なんと」

「閉門の身でありながら、無断にて主家を去った不届き者――御影に入る前に斬れとな……」

家老津布久金政の独断による命令であることは、直ぐ判った。

「上意打ちとして差し遣わされた者が、面を包むとは、何としたこと――」

と、真十郎がたたみかけると、大兵は狼狽して、

「うぬ――斬れ」

と、怒鳴った。

……その頃、津々美は御影街道を鋏岳へ向かって、一散に馬を駆けさせていた。

津々美の許へ、真十郎から御影へ戻るという書状が、薬商人に託されて届いたのは昨日のことであった。

津々美は何度も書状を読み返した。

久しぶりに会う真十郎のことを思うと胸が鳴った。

――久忠様の許での修行ならば、もはや、私の及ばぬところ。

という諦めは、おのずから、秀れた遣《つか》い手となって戻って来る男への喜びと期待とに変わっていくのだった。今となっては、再び真十郎と木太刀を合わせる意志な

ど、まったくなかった。

一刻も早く真十郎に会いたかった。

津々美が、さまざまな感慨に浸りながら、真十郎の帰着を待ちわびている時、大渡伝吾が意外な報せをもたらした。

家老一派に不穏な動きがあり、多くの刺客たちが鋏岳へ赴いたというのである。

憤然と立ちあがった津々美は直ちに馬を駆った。

津々美が鋏岳の現場へ急行した時、すでに悽惨な戦いが開始されていた。

幾人かの黒装束が朱に染まって息絶え、或いは海辺にころがって苦悶の呻《うめ》きを発していた。

馬から飛びおりると、津々美は真十郎の側へ走り寄った。

「真十郎様――」

「おお、津々美殿」

「御無事で何より……助勢いたします」

津々美の言葉に、真十郎はにっこり笑って、

「もはや、三年前の腕ではござらぬ。助勢無用――」

と、叫んで群がる敵の中へ躍り込んで行った。

——強情《ごうじょう》。

津々美は心の中で苦笑すると、すばやく刀を引き抜いて、真十郎の後に続いた。

真十郎一人でも、もてあましているところへ、女とは言え、御影きっての遣い手が現われ、刺客たちの間に怯《ひる》みがみえた。

「斬れ！　斬れ！」

頭領が狂ったように叱咤した。

乾いた砂の上に鮮血が飛沫《しぶ》き、悶々たる呻き声が各所に起こった。

真十郎の影が、白刃をかざして縦横に疾駆すれば、津々美の姿は宛《さなが》ら一匹の蝶となって飛び回った。

鮮かな二人の剣さばきに、みるみるうちに死者が続出した。

長い死闘の果て——やがて静寂が訪れた。

ひとり残らず真夏の海道に鮮血を噴いてころがった刺客たち。

強烈な南の太陽に灼かれて、死体はすでに陰惨な臭いを、あたり一面に漂わせはじめた……。

七

真十郎と津々美は、相携えて御影城へ入り、事件の顚末を城主光成に報告した。

早速、家老津布久金政が呼び出された。

「金政——。真十郎の申し立て、真実か？」

光成に詰《なじ》られると、金政は平然として、

「これは慮外なことを承《うけたまわ》る。私にはとんと合点のゆかぬことばかり……」

と、うそぶいた。真十郎が、家老子飼いの壮漢《そうかん》や、れっきとした御影の武士たちのまじっていたことを述べても、

「おおかた、お前たちの仲を羨んでいる者どもの仕業であろう」

と、しらばくれるのだった。

これ以上、光成へ言上したところで、対手は奸智《かんち》に長けた金政のこと、いかにしてでも言い逃れ、容易に馬脚を露わすわけがなかった。

優柔な光成は深く追究することなく、証拠のないのを理由に金政を解放した。

家老一派の暗躍による内紛を、近隣の豪族たちに探知されれば、それに乗じて、

何時不意の侵略を受けるやも知れぬ――と憂慮したからである。

そして、真十郎には、八十五郎生前の俸禄をそのまま与えて帰参させ、津々美との婚姻を許した。また、津々美の弟、源次郎には、成人の後、天花寺家の家督を継がせることを約した。

……こうして、武芸紅白試合から、鋏岳異変にいたる一連の騒擾は、漸く決着した。


その後――。真十郎と津々美の夫婦の仲は、いたって睦まやかで、傍目にも羨ましいほど、静穏で美しいものであった。

が、大永四年十一月、愛洲移香久忠が逝《い》って、その翌年、御影城は、多々羅城主、宇佐美高盛の急襲を受けた。

その折、真十郎に従って津々美も出陣した。夫婦ともどもめざましく奮戦して寄せ手をなやませたが、乱戦の際、蚯蚓沼《みみずぬま》のほとりで遂に討ち死にして、御影城へは再び戻らなかったという。

……だが、他に「御影古迹誌」によれば、多々羅勢撃退後、御影の人々の間に、奇怪な風評が流れたという。

真十郎と津々美の死は、討ち死ににあらず、家老津布久金政の手の者による謀殺だというのである。

はたして真相はどうか。

後に、宇呂井信武、御影籠城の折、家老津布久曾根の内通によって、宇呂井家は滅亡したという事実は、冒頭に述べた通りであるが、言うまでもなく、津布久曾根は、金政の子孫である。

白の水部落に、裏切り者の曾根をまつる社のあるのは解せぬことながら……大渡伝吾の末孫である浅右衛門氏の一家が、この津布久明神に、今でも参拝しないのは当然のことであろう。

大渡家の家長が肉類を口にしないという習慣は、津布久金政が、日向山中で獲れる猪や鹿の類を何よりも好んで食べたので、天花寺家に仕えた大渡伝吾が、金政の好物と思うものを、一切口にしなくなったことから始まったものだという……。

秘剣木の葉斬り

一

鈍色《にびいろ》の雨雲がひくくたれこめ、今にも、ぽつりと落ちてきそうな、うすら寒い黄昏であった。

日向と薩摩の国ざかい、多胡川を桃沢という村から西へ入った荒寥《こうりょう》たる草原の道を、織部は黙々と辿っていた。

絶え絶えに、微かな耳鳴りとも思しい音色で虫がすだく……。

草に隠れた道は、やがてゆるやかな勾配となる。

野をわたる風がにわかにせまって、あたりに群れる芒や萩がざわざわと鳴った。

灌木のまばらな林を抜ける頃、ふいにまっすぐ、黒いつぶてのように飛んできた小鳥が、織部の前で、ちちち……と、戸惑ったように可憐《かれん》な声をしぼって、近くの叢《くさむら》のなかに降りた。

思わず足をとめて、しばらく其処《そこ》を見遣ったとき、

「もし……」

と、ためらいがちに、後から声をかけた者があった。

織部がふりかえると、二、三間はなれたところに、すらりとした姿態を、やや黒っぽい小袖まがいの着物でつつんだ若い女が立っている。

美しい。年齢は二十歳をいくらも出ていまい。

透けるような白い清雅な面貌に、すずやかな気品が匂う。

――はて?

今じぶん、こんな寂しい野面に、若い女が姿を見せるなど解《げ》せぬことであったが、
しかし、織部はさあらぬ態《てい》にて、

「御用かな?」

と、返した。

女は二、三歩あゆみ寄り、にこやかに小腰をかがめて、

「率爾《そつじ》ながら……もはや日も落ちますが、あなた様には、今宵のお宿は、何処《どこ》ぞ当てでも……」

と、問いかけた。

織部は苦笑しながら、

「当てなどござらぬ……が、御覧の通りの旅の兵法者、行き暮れたところ、すべてわれらが宿と心得ておる」

「ならば、野宿のお心積もりで?」

「左様……」

「この雨模様では、お体にもさわりましょうに……」

女は愁い顔に言って、

「此処から五町ほど行った松林の中に、私の家がございます。むさくるしゅうはございますが、お寄りになりませぬか?」

と、やさしく言った。

見も知らぬ女の思いがけぬ好意に、織部は思わず、

――ほう、と、洩らして、

「宿を借すと言われるのか?」

「はい……いぶせき家ゆえ、おすすめするのも、何やら気がひけますが……」

織部は女の品のよい美しい面立ちや、優しい物腰に、何となく心惹かれるものを感じながら、

「いや、それはありがたい……ならば、お言葉にあまえることにいたそうか」

と、改めて一揖《いちゆう》した。

「では、どうぞこちらへ……」

女はそこから南へ岐《わか》れる林の陰路《かげみち》をひろって先へ立った。

しばらく、かたえに萩や芒《すすき》のおいしげるうねうねと曲がりくねった野道が続いた。

やがて女が入って行ったところは、小高い丘陵を背にした窪地の松林の中に建っている古い屋敷であった。

長い歳月の風雨にさらされ、どことなく荒廃の感はあったが、ひっそりと古雅にくすんだその家のたたずまいは、青い松の樹陰によく調和し、いかにも、このやや神秘めく美しい女の住処《すみか》にふさわしかった。

「しばらく、お待ちを……」

と、女は言いおいて、庭をまわって行ったが、ほどなく玄関に現われて、

「どうぞ、お通りくださいませ」

と、招じた。

「しからば……」

みちびかれるままに奥へ通ると、ふるびてはいるが、きちんと整理された風雅な書院の奥に、七十近い齢の白髯《はくぜん》の老人が、静かに端座している。

――むっ、

一瞥するや、織部はぴりっと五体にひびくものを感じて緊張した。

質素な鉄色無地の筒袖に、ふっくらと軽衫《かるさん》をつけた老翁の姿は、優裕《ゆうゆう》たる閑人の風情こそ漂わせてはいるが、犯し難い厳酷の相貌と鋭い眼光は明らかに武芸で鍛えた者のそれであった。

老人は、敏感に織部の心の動きを読んだものか、

「斟酌《しんしゃく》は御無用……世を捨てた老人の侘住《わびず》まいじゃ。さ、どうぞこちらへ」

と、人懐っこい枯れた声音をひびかせた。

「失礼つかまつる」

織部は老人の前に膝を折り、

「桂織部と申す旅の兵法者でござる。御迷惑とは存ずるが、一夜の宿をおねがいいたしたく……」

と、言いかけると、

「これは、お堅い挨拶でいたみいる。お泊まりいただくようおねがいしたのは、娘の方とか……ははは……年寄りの守《あい》りに飽《て》いて寂しゅうなったものとみえる。いや、わしとても、よい話し対手がができて、よろこんでおる。このような山家で、

もてなしとては何もできぬが、遠慮なく寛《くつろ》がれよ」

と、老人はやわらかな口調で言った。

二

桂織部は日向延岡の内藤家《ないとうけ》に仕える兵法指南役、桂六郎右衛門の次子である。兄を長近という。

兄弟いずれも幼少より六郎右衛門の教道を受け、浅山一伝流の剣をよく遣った。

六郎右衛門の妻りくは、先年病没したが、若い折は評判の美人であった。

織部もまた母親ゆずりの美貌で、恒例の武芸試合の折など、ことさらに人目をひいて、彼の剣技までが、いちだんと秀抜なものにみえた。

父親六郎右衛門は、嫡男の長近よりは、むしろ織部の方に目をかけ、

「織部のやつ――、みかけは女のような優男じゃが、なかなか、どうして、剣の手筋は兄の長近より、ずんとよろしゅうござる」

などと、酒に酔うと、いつもきまったように人の前で自慢していた。

しかし、六郎右衛門が後添いの美那を迎えてからは、態度が一変した。

あれほど織部に目をかけていた六郎右衛門が、誰よりも激しく憎悪しはじめたのである。

美那は高千穂の豪族、宇呂井勝盛の遠縁にあたり、前年、夫に死別して以来実家に戻っていた。

前夫との生活は、わずか二年で、子供はなく、若い美貌がひとびとの間で取り沙汰されていた。

その美那を六郎右衛門が迎えると、

「果報者よ、六郎右衛門は……。妻女には死なれたが、あのように見目好い女子を貰うて……」

と、朋輩《ほうはい》が妬《ねた》み顔に言えば、老職たちは、

「六郎右衛門奴――、前よりは、ずんと派手な鼻緒をすげ替えおったわい」

と、揶揄《からか》った。

あるいはまた、陰でこっそり、

「あの出戻り女め……織部をめあてに来たのでは？」

などと皮肉な噂を立てるものもあった。

すると、聞く者は、

「これ、滅多なことを……」

などと言いながら、その実、おのれ自身意味ありげに隠微な笑いを浮かべるのであった。

やがて——。

ひとびとが羨望《せんぼう》と嫉妬《しっと》から、出まかせに口にしたことが事実となって現れた。

まだ一月も経たぬ頃から、美那の眼差しが、六郎右衛門の隙をみて、しばしば深い情愛をこめて織部に注がれるようになったのである。

前夫によって、若い男の体を知らされている美那が、老いかけた六郎右衛門よりは、若々しい美貌の織部の方に、より強い魅力を感じだしたのは、自然のなりゆきであったろう。

そんな美那の心の変化を、六郎右衛門はいつか敏感に見抜いていた。

六郎右衛門は、以前あれほど優しく目をかけていた織部に対し、事毎につらくあたり、役目の上や、日常の些細な粗相にも、激しい叱咤《しった》や皮肉を浴びせるようになった。

破局は春の頃に訪れた。

去年の三月——日向の僻遠の聚落《しゅうらく》に発生した悪疫が、急速に蔓延《まんえん》して、延岡一帯を襲い、内藤家中の数十名がいちじに高熱を発して、病床に呻吟するという珍事が起こった。

織部もそれに倒れた。

もっとも心痛したのは、言うまでもなく美那であった。

美那は毎日付きっきりで織部の看取《みと》りにあたった。

六郎右衛門にとっては、それが憤懣の種となった。

ある日――城から下ってくると、玄関に迎えるはずの美那が姿を見せぬ。

「美那は居らぬか！」

故意に大声を発して、荒々しく織部の部屋に踏み込むと、案の定、美那は織部の枕元にいた。

日がな一日、きょうもまた織部の看取りにあたっていたのかと思うと煮え返るような嫉妬を覚えた。

「ふん――看取りなどと、うまい口実をつけおって！　まことは、此処で乳繰り合っていたのであろうが！」

やにわに織部の頭を蹴上げ、美那をなぐりつけた。

「何をなさいます」

美那は必死に取り縋ったが、織部は、

「情けないことを言われる……」

と、沈痛につぶやいたまま、六郎右衛門のなすがままにまかせた。

「此奴――、親の女を寝取る気か！」

六郎右衛門は、かえって織部の態度を、ふてぶてしいものにとって、ますます激しく猛り狂った。

織部が延岡の城下から姿を消したのは、それからまもなくであった。

三

織部が誘われて泊まった家の老人を、唐子扇斎、娘を岐弥《きみ》と言った。

あくる朝、早く床を出た織部が、背戸の泉のほとりで口を漱いでいると、すでに起き出てあたりを歩いていた扇斎が近づいてきた。

「お目ざめかな?」

「これは扇斎どの……昨夜は、いかい、お世話になりました」

「なんの……さしたるおかまいもできず、御無礼をした」

扇斎はやさしく返した。

一夜のうちに雨はきたり、そして去り、野も樹も山も洗われたようなすがすがしい朝であった。

どこか近く樹陰から、ゆるやかに舞い立つ鳥の羽ばたきがきこえた。

あたりには雉子が多く、庭先まで飛んでくることもある——と、扇斎が言った。

そこへ岐弥が、厨《くりや》の方から小桶を抱えて現われた。

「お早い、お目ざめで……」

「や、これは……」

織部は、何か眩しいものでもみるような面持ちで挨拶した。

ひんやりとした朝の大気のなかで、岐弥の容姿は、きのうよりもいちだんと若やいで美しく見えた。

白いやわらかな肌の色が、薄桃色の襟口から、ほのかに匂うようであった。

岐弥は泉のほとりに、すんなりと腰をかがめて水を汲んだ。

ゆらゆらと水の面に岐弥の姿が映って砕けた。

「あっ……」

ふいに岐弥が、小さな声をあげた。

立ちあがった刹那、水の重みで、足を踏み外しかけたのである。

「どうした？」

扇斎が言った。

「何でもございませぬ」

岐弥は、おのれの不覚を恥じる態にて、紅くなってつぶやいた。

「お手伝いしよう」

織部は歩み寄った。

「結構でございます」

「どれ……」

と、なおも促す織部を岐弥は、やさしく仰ぎみて、

「殿方のなさることではございませぬ」

と、言って微笑んだ。

「ばかな……」

織部は苦笑した。

「お頼みするがよい」

扇斎が傍から言った。

岐弥はようやく思いきめたふうに織部に小桶を渡した。

朝の食膳には、椎茸めし、鮒なます、蕗漬けが出た。

いずれも鄙《ひな》びた食べ物ばかりであったが、風雅な味わいがあって、岐弥の濃《こま》やかな配慮が偲《しの》ばれた。

食事が終わって、岐弥が膳の片付けにかかる頃、扇斎は言った。

「ときに、織部どの……」

と、ためらいがちに、

「身勝手なおねがいじゃが……今しばらく滞在しては下されまいか」

「は?」

思いがけぬ言葉に、織部が怪訝《けげん》な眼差しを送ると、

「お笑いくだされい。お手前をこのままお送りするのが、何やら寂しゅうなったのじゃ」

「…………」

「お見受けしたところ、気ままな旅の御様子……。いかがなものかな織部どの……」

扇斎はそう言ってきまりわるそうに笑うのだった。

乞われるまま扇斎の家に足をとめ、無為の日が暮れて、きょうは四日目――。

織部の姿は、扇斎の家にほど近い丘陵の閑静な林の中にあった。

空はのこりなく晴れわたって、樹々の梢から、きらきらと明るい陽射しが降りそそいでいた。

織部はごろりと空地の草の上に仰臥《ぎょうが》した。

すがれた草が陽にあたためられて、心地よい温みを背に伝えた。

すぐ眼の前に、しろい木槿《むくげ》の花が揺れている。

織部はぼんやりそれをみつめながら、おのれがもう長い間、修行も忘れて碌々と日を過ごしているように思えた。

それにしても不思議なのは扇斎親子であった。

世にある頃は、かなりの食禄を得ていた人らしく、世過ぎのすべは今は何も持たぬふうであったが、さりとて落ち果てた人のみじめな気配はなかった。

しかし、いくらふたりの勧めとは言え、長居は憚《はばか》られた。

――近く出立せずばなるまい。

と思っているところへ、落葉を踏む人の足音がこちらへ近付いてくる。

ふっと見遣《みや》ると、若い木挽《こびき》である。

おどおどした恰好で織部の傍に立ち、

「お前さまは、扇斎さまの屋敷においでのお侍《さむらい》か？」

と、訊く。

そうだと織部が応えると、木挽は葛籠《つづら》をおろして、死んだ野兎を取り出した。

「おらが、罠でとった兎だ」

と、眼の前に突き出すので、むっくりと起き直り、

「どうしろ、と言うのだ」

と、問うと、

「扇斎さまに届けてください。いっしょに食うといいだ」

と、木挽は草の上に、野兎を投げて、さっさと逃げるように去って行く。

——おもしろい奴。

いかにも木挽らしい朴訥な物言いと仕種に織部は微笑ましいものを感じて、その姿を見送った。

近在の者は扇斎親子によほどの親愛と敬意を抱いているらしい。昨日も里の女が粽《ちまき》とみかんを届けて来たので、織部も馳走になった。

いくばくかの後――。

織部は野兎を携げて戻る仔細を語った。

「やれ、やれ……とんだ使いで造作をかけましたな」

と、扇斎は笑って、

「織部どのは、兎汁はお好きかな？」

と、問うた。

野兎は特異な臭気をともなって、これを嫌う人も多いが、織部は好物であった。

「大の好物ゆえ、たのしみに持ち帰り申した」

と、おどけた口吻《こうふん》で洩らすと、

「それは何より……岐弥は食わぬが、料理の腕はたしかじゃ。今宵はこれで一盞《さん》まいろうか」

扇斎は眼を細めて笑った。

四

その夜――。

織部は食事のあとしばらく扇斎と話し、それから読みかけの漢籍《かんせき》を繙《ひもと》いた。

むろん、それは扇斎に借りたものであった。

亥《い》の刻に近い頃――岐弥が入ってきた。

床をのべると言う。

「造作をかけます」

「お好きでございますね」

何のことかと思い、

「え?」

小声で返すと、

「書見でございます」

「いや、なに……退屈しのぎでござる」

「兵法者よりは、学問がお似合いじゃ、と父が申しております」

織部は苦笑した。

「近いうちに発とうと思います」

岐弥が床をのべ終わった頃、改めて織部は言った。

まあ、と岐弥はおどろいたように小さな声を発し、

「そのように急《せ》かれなくても……」

と、愁《うれ》わしげな表情をした。

それきり、ふたりの話はとだえた。

岐弥が出て行ったあと、しばらく大小の手入れをして床に入った。

どれほどの時刻が移ったであろうか。織部は、ふとおのれの傍に美那がいるのに気づいた。

——や？　どうして此処に？

愕《おどろ》いて眼をみはると、美那は無言のまま嫣然《えんぜん》と笑って寄り添った。

——これ！

制止する間もなく美那は白い露《あら》わな両腕や脚をからませてきた。

「父上が……父上が……」

喘《あえ》がせた口を美那の柔かいぬめぬめとした唇がぴったりふさいだ。

意識がはっきりしたのは、このときであった。

闇の中で確然と目ざめ、

——夢であったか？

と、つぶやいたとき、今度は現実に人の重みをおのれの上に感じた。

はっとした。

「織部さま……」

熱い息がかかって、ふいに耳許でささやかれた。

岐弥であった。

唇を吸われた。

――うっ……

と、呻いて、思わず身をよじると、

「じっとして……父が目をさまします」

岐弥がやさしく叱るように言った。

やわらかくはずんだ肌身が、しっとりとからんでくると、織部は夢中で岐弥の体を抱いていた。

岐弥は激しく喘いだ。大胆な所作が続いた。優しく嫋《たお》やかな岐弥のどこに、そんな心が宿っているのかと疑われた。

嗚咽《おえつ》にも似たよろこびの声が、幾度となく岐弥の唇からほとばしり出た。

行為のあと、岐弥は織部の胸に顔を押しつけて泣いた。

「いつまでも此処で暮らして……」

哀願は何度も繰り返された。

——岐弥どの。

微かな溜息が織部の胸をうった。

きょうもよく晴れて、明るい陽射しが空にみちていた。

しかし——。

織部の胸中には、暗然たる感慨と、ひそやかな後悔があった。

昨夜の交歓の折の岐弥のやわらかな肌のぬくもりが、まだどことなく残っているようであった。

恍惚《こうこつ》たる陶酔のなかで、息も絶え絶えにささやいた岐弥の言葉も、はっきりと、耳朶《じだ》に残っている。

扇斎にたいする忸怩たる思いを抱いて、織部は逃げるように林の中へ足を踏み入れたのであった。

うっそりと樹間に立って空を見上げた織部が、ふとおのれの眼に映したものは、微風にはらわれて、はらはらと頭上に落ちかかる一片の病葉《わくらば》であった。

——むっ。

あらぬ思念をふりきるごとく唸って、織部の手が、つと大刀の柄にかかったとみ

るや、

「えいっ！」

静寂の気をつんざいて、白光が放たれ、同時に地を蹴った五体が樹間に躍った。

次の瞬間――織部の姿は、あざやかに翻転してふたたびもとの位置に起立した。

冴えた鍔《つば》鳴りの音を合図に、病葉は、はらりと真ッ二つに割れて、ひらひらと縺《もつ》れ合うごとく織部の足許に散った。

野太い声が背後からかかったのは、このときであった。

「遣《つか》えるな……」

ふりむくと、四、五間後の藤かずらをからませた樅の木立の陰より、のそりと長身の若い兵法者が現われた。

くろぐろと陽に灼いた精悍な面貌に、小袖、野袴《のばかま》の頑丈な体軀、武張《ぶば》った肩をなおも傲岸にいからせて織部に近づいてくる。

「や、これは……」

かるく流して歩みかけると、

「待たれい」

と、不遜にも呼びとめ、

「なかなかの業前《わざまえ》とみたが……」

と、語りかける。

「なんの……つまらぬ座興でござる」

「御尊名を伺いたいが……」

何となく権高《けんだか》な態度に、織部は初めから不快なものを感じ、

「名のるほどの者ではござらぬ」

と、逸《そ》らすと兵法者は、

「拙者は日向高鍋の浪人で茨田根太夫と申す」

と、名のって、

「お手前同様、いささか兵法を志す者……」

と、告げる。やむなく、

「桂織部と申す」

と、名のると、兵法者は、

「偶然通りかかって、よい目の保養をいたした。いずれまたお目にかかる折もござろう」

と、うすら笑いながら去って行った。

五

それからおよそ四半刻の後――。

織部は林の小径を辿《たど》って、扇斎の屋敷の木戸を入った。

裏庭に面した小部屋へ行きかけると、居間の方から、扇斎のめずらしく激した声がきこえてくる。

「おろかなことを言うでない」

「ならば、どうあっても？」

問い返す野太い嗄《か》れ声に、

――はて？

織部は首をかしげた。

それはまさしく先刻林の中で会った茨田根太夫と称する兵法者のものであった。

「約束は守っていただきとうござる」

根太夫が吼《ほ》えるようにわめく。

「約束だと？」

「左様——兄をしのぐほどの達者になれば、岐弥どのは拙者のもの……」

「また、そのような！　それは、お前自身が勝手にきめたこと……」

「先生！」

「ええい、もはや、聞く耳持たぬ」

「これほどまで、おねがいしても？」

「くどい、根太夫！」

ややあって、ただならぬ気配がおこって、ひらりと縁先から、扇斎の影が躍り立った。

織部は思わず植え込みの陰に身を置いた。続いて一刀を引き抜いた根太夫が飛びおりた。

扇斎は無腰のまま凝然と突っ立って根太夫を迎えた。

「わしを斬《き》るというのか？」

「斬る！」

「どこまで、そちはうつけじゃ！」

「なにっ！」

「わしが斬れると思うか」

「斬れる」

「増長すまい……」

「うぬっ！」

「見事わしが斬れたら、岐弥を連れて行くがよい」

すると――。

そのとき、所用から戻ってきた岐弥が、異常の事態に愕然《がくぜん》となって馳せ寄った。

「寄るでない、岐弥！」

扇斎が叱咤した。

じろりと見遣った根太夫が、口辺《こうへん》を歪ませ、

「岐弥どのか……しばらく見る間に、いちだんと美しくなられたのう」

「あなたは根太夫どの……」

「その根太夫が、そなたを迎えに参った」

「いやです」

「ふふふ……先生はたった今約束された、見事斬ったら、そなたを連れて行け、となあ……」

根太夫が、ぎらぎら血走った眼を、ふたたび扇斎に投げ、

「参る！」

すっと滑り出て、ぴたりと青眼にかまえた。

瞬間——。

「待たれい！」

織部は、ぱっと身をひるがえして、根太夫の前に立った。一瞬、根太夫はぎくりとなった。

おのれが先刻林の中で会った武士だと知ると、

「おっ、おぬしは？」

「桂織部じゃ」

「いらざることはすまい、余人の知ったことか！」

激しい一語を浴びせた。

「織部どの、そこもとには、何のかかわり合いもないこと……いざ、そこを退かれい」

扇斎は言った。

織部は、しかしそれにはかまわず、やおら一歩踏み出しつつ、

「茨田根太夫どのとやら、先ず拙者がお対手しよう」

「ふん――、浅山一伝流の業前を、今一度披露しようというのか」

「左様……」

「おもしろい」

根太夫は傲然と踏まえた足を織部の方へずらした。

織部は気を配りつつ静かに一刀を引き抜くや、まっすぐに切っ先を根太夫の双眸《そうぼう》に向けた。

無言の対峙がしばらく続いた後、全身の殺気をあふれさせた根太夫が、ぐっと一足進み、上段の切っ先を天に立てつつ、刀身を徐々におろしはじめた。

奇怪な構えを見遣って、織部はそれとは逆に対手の水理に応ずるごとく、真一文字に剣尖を突き出した。

根太夫の体がわずかに退く。じりっと織部がすすみ出る。

「ぬっ！」

根太夫の唇からしぼるような呻《うめ》きが洩れた。ふたたび固着の対峙があったのち、根太夫は左半身の異様な姿勢で、じりじりと右へまわりはじめた。

それにつれて織部の体もゆっくり移動する。

扇斎と岐弥は、みじろぎもせず二人の戦いをみまもっている。

根太夫の凄絶な構えに、

——あるいは？

織部が先に根太夫の刃に伏すやも知れぬという怖れがあった。

やがて、ふたりの位置が完全に入れかわったとき、織部には、根太夫の長身がすっぽり彼の刀身に没入するかのように見えた。

——おっ？

はっとして唸ったとき、

「やあっ！」

一喝しざま、猛然と根太夫が打ち込んできた。

ひらりと躱《かわ》して横へ飛ぶ。すかさず二の太刀が襲いかかる。

がっきと受けると、次々に撃ち、薙ぎ、上げ、突き——息もつかせぬ根太夫の攻撃が開始された。

襲いくる白刃を躱して、織部の体は、さながら羽毛のごとき身軽さで飛びまわった。

——ぬっ！

手練の業をごとごとく外され、根太夫は猛り狂った。

頃合《ころあい》をみて、今度は、俄然、織部が攻勢に出る。

「やあっ！」

裂帛《れっぱく》の気合もろとも、織部の姿が躍って、神速《しんそく》の一刀がすくい上げに胴をねらって刎《は》ねあげる。

「ああっ！」

根太夫が悲痛の声をしぼった。

噴きあげる血潮の中で、断末魔の相を刻みながら、徐々に斃《たお》れかかる根太夫の体は、突然、真ッ二つに折れたようになり、がくりと地上に突っ伏した。

六

扇斎の語るところによれば——。

茨田根太夫はかつて日向高鍋の秋月家に仕えた唐子扇斎の弟子であったという。

流儀は久賀流、天文の頃、日向の鵜戸におこった愛洲陰流の分派である。

根太夫は少年の頃より放埓《ほうらつ》の所業が多く人々に嫌悪された。

しかし、兄の右馬之助は久賀流の剣はもとより、操觚《そうこ》の才にも長《た》けて、扇斎自慢の門下であった。

扇斎は娘の婿たるべき者は、右馬之助と思いきめ、ゆくゆくは唐子道場の跡を継がせるつもりであった。

早くよりひそかに岐弥に恋慕していた根太夫は、それを知って惑乱した。

「うぬっ！　ならば兄上を打ち負かすほどの腕になってみせようぞ」

奸猾の根太夫は右馬之助を倒し、何としても岐弥と道場をおのれのものにしてみせると決心したのである。

「身のほど知らぬ奴！」

ひとびとは根太夫のたくらみを知って嘲笑したが、根太夫はあらゆる罵言を黙殺して修行に没頭した。

が、どれほど剣の工夫を積んでも、右馬之助以上の腕になるのは困難であった。

「くそっ！」

根太夫は、しかし、あきらめるどころか、ますます異常な嫉妬と執念に燃えて稽古にはげんだ。

ある日、彼は忽然《こつぜん》として高鍋から姿を消した。

ひとびとの間では、さらに彼が剣の苦行を積むために回国の旅に出たのだと噂された。

二年の後――。

根太夫がふたたび高鍋の城下に姿をみせたとき、すでに右馬之助は岐弥を娶《めと》り、扇斎の跡を継いで武術師範の役にあった。

憤懣やるかたない思いを抱いて、根太夫は道場の玄関に立った。

現われた門弟に、

「匆々《そうそう》、取りつがれい！　茨田根太夫が放浪の年月に積んだ刀法の手の内、是非とも兄上にお目にかけたい、とな……」

皮肉な言葉をくれた。

以前にくらべ、いちだんと傲虐の相をおびた貌《かお》には、岐弥を奪われた憤怒《ふんぬ》と怨念《おんねん》の色が、ありありと見てとれた。

直ちに門弟が奥へ走る。

右馬之助と根太夫は久しぶりに木太刀を合わせた。

検分にあたったのは道場に居合わせた扇斎である。

――これは！

右馬之助はひとめ根太夫の構えを見るなりおどろいた。

——勝てぬ。

戦慄《せんりつ》がいちじに背筋を匐《は》いくだるのをおぼえた。

それほど根太夫の木太刀には凄まじい殺気がひそんでいたのである。

長い激闘のはて——、

はたして、右馬之助は、痛烈な一撃を頭上に受けてよろめいた。

「あっ！」

扇斎をはじめ、みまもる門弟たちが愕然となって息をのんだ。

にやりとうすら笑った根太夫が、さらに激甚の胴撃を入れた。

「うっ！」

大きく揺れつつ、右馬之助が呻いた。

「いかがでござるな、兄上！」

昏倒しかかる右馬之助をひややかに見下しつつ、

「唐子道場の跡継ぎたるお人が、何という無様なことじゃ」

と、根太夫が吐きかけた。

——藩の道場をあずかる者が、無頼の弟に見苦しく敗退するなど、沙汰の限り

……。

ひとびとのかまびすしい風評の中で、右馬之助が切腹したのは、それからまもなくであった。

不祥のなりゆきが藩主にきこえて、道場は閉鎖。多くの門弟たちは新しい師範の許へ移っていった。

ところが、根太夫は右馬之助の死を勿怪《もっけ》の幸《さいわい》とばかり、岐弥との縁談を申し入れたのである。

岐弥とともに亡兄の意志を継いで、ふたたび久賀流の道場を盛んにしたいと言うのであった。

「賢《さか》しらなことを！」

扇斎はむろん言下に断わったが、しかし、根太夫の要求は執拗《しつよう》に繰り返された。

……家中の批難と、うるさくつきまとう根太夫の要求を忌避《きひ》して、人里離れたこの地に扇斎が岐弥を連れて隠栖《いんせい》したのは、一昨年の暮れであったと言う。

扇斎はあらましの事情と、落莫たるおのれの胸中を織部に語ったあと、

「根太夫の奴——なかなかの地獄耳でな……」

と、寂しく笑い、

「誰も知るまい、と思っていたこの家へ、ひょっこり、きょうは訪ねて参ったの

じゃ」

「…………」

「勝手なことばかり言いおって、しまいにわしを斬ると言い出した……。そこへそこもとが戻って来られて、この通りの呆気ない最期《さいご》じゃ……哀れな奴……」

扇斎は老いの面貌に、かつての門下に対する哀憐《あいれん》の情をにじませながら、憮然としてつぶやくのであった。

――翌日。

扇斎の家を出た三個の影が、ひっそりと、あるかなきかの風に戦《そよ》ぐ芒《すすき》の原を行く。

明け方、野面を覆っていた濃霧は、すでに四散し、遠い空の高処でとんびが一羽、ゆるやかに大きな弧を描いている。

「この辺りでしたな?」

織部が岐弥をふりかえった。

初めて岐弥に声をかけられた場所のことを言っているのであった。

美しい面差しに沈愁の翳を落として黙々と歩いていた岐弥が、にっこりうなずいた。

岐弥は昨夜、織部にむかって、

――きっと、また此処へお戻りくださいますね。
と、幾たび念を押したことであろう。
――仕官のめどがついたら、かならず迎えにまいる。
織部はかたく約束したのであった。
「では、これにて……」
織部は丘陵のはずれまで来ると言った。
岐弥は名残り惜しそうに織部の顔を仰ぎ見た。
折しも、丘の上に浮きあがった太陽が、一面渺茫《びょうぼう》たる草原を眩しく照り返した
……。

陰流奇聞

一

九州の南端、日向の青島より、鵜戸へ通じる海道の難所を、七浦七峠という。

足もと遙かな絶谷の崖道をのぼれば、突然、茫々《ぼうぼう》たる南の海をみはるかす高い峠へ出る。

峠を下って、磯づたいに海辺を行くと、ふたたび道は、切り立つ断崖に沿って曲折し、更に高く嶮しい山へとさしかかる。

古くより、

「一で玄海、二で遠江《とおとうみ》、三で日向の赤江灘」

と、言われるその赤江灘の荒海に突き出る鵜戸岬に至れば、道はいちだんと嶮しくなって、一方に高い岩山の崖肌、片側は数百丈の断崖――人ひとりが、ようやく擦れ違いに通えるほどの難所となる。

天正十四年の春が闌《た》けて――。

照るでもなく、曇るでもない麗《うら》らかな陽射しのなかを、岩山の峠の方から、ただひとり、鵜戸岬の突端に向かう旅姿の若い女がある。

盲《めしい》である。

だが、眸子《ぼうし》はひたと閉ざされて、白皙《はくせき》の容貌《ようぼう》こそ、深い憂愁の翳《かげ》をにじませて痛ましいが、清楚な容姿は、野末に咲いた花のごとくたおやかで美しく、それでいて、どことなく強靭で凛乎《りんこ》たる気品を漂わせている。

と、そのとき——。

前方の岩陰より、武張った肩をゆすりながら、大股に近づいてくる六尺ゆたかな大兵の男がある。

おのれの行手に、盲の美しい女の影をみとめると、男はにわかに淫靡《いんび》な笑いを洩らして立ちどまった。

男は道の真ん中に立ちはだかって、女の近づくのを待っている。

そのまま次第に歩みを移せば、女の体はおのずと男の胸にぶつかる。が、女はそんな男の存在など、少しも気づかぬ体で歩いて行く。

やがて——。

ふたりの間隔がちぢまって、あわや衝突——と、思われた瞬間、たおやかな女の姿が、一匹の鮮麗な蝶のごとく舞いあがった。

「おっ――」

空に挑んで、無様に身をのめらした男が、思わず不覚の声を発した。

すでにそのとき、女は男の頭上を越えて、何事もなかったように、依然として、変わらぬ足どりで前方を歩いている。

――おのれ、誑《たぶらか》しおって！

憤然として、男が女の背後から襲いかかろうとしたとき、

「よさぬか、権太夫――」

不意に制止の声がかかった。

無人と思われた懸崖の縁に、いつ現われたのか、ひとめで武芸者と知れる人体の男が突っ立っている。

「なんじゃい、彦九郎――おぬし見ていたのか？」

権太夫と呼ばれた男は、ばつの悪さを、どうしようもないといった表情でふりかえった。

「しくじったようじゃな」

笑いながら近づく彦九郎。若い秀でた眉目《びもく》には、若い精悍な意志が刻まれ、晴れ

晴れとした品格が漂う。

「怪体な女子じゃ」

権太夫が頭を掻《か》いた。

「おぬしの手には負えまい」

「なんじゃと?」

「相当に遣える対手じゃ」

「あいつ、武芸者か?」

「多分な……」

「盲のくせに!」

権太夫は、いまいましそうに舌打ちして、女の姿を見送った。

「ところで、権太夫——おぬし、何処へ行く?」

「米良じゃ」

「米良?」

「うむ」

「米良とは遠い……して、何の用じゃ?」

「先生より、東部天真殿への書状を頼まれてな……」

「そうか、長い道中じゃ、女には気を付けろよ、先刻のような不覚をとらぬようにな」

彦九郎にからかわれて、

「此奴《こやつ》！」

権太夫が眼を剝《む》いた、が、すぐ神妙な面持ちにかえって、

「先刻のこと、先生には内緒だぞ……」

と、言う。

「はっははは……わかっておる、それよりは権太夫——粗忽者《そこつもの》のおぬしのことじゃ、大事な書状、失うなよ」

彦九郎は、権太夫と別れて、足ばやに岬の台地へ向かった。

——何者だろう、あの女？

彦九郎は歩きながら先刻の盲の女のことを考えていた。

あたりに民家は一軒もないのだ。師の愛洲元香斉を訪ねてきたに相違ない。

それにしても不思議な女だ。盲であれほどできるとは……。

蘇鉄林《そてつりん》の窪みに建てられた小屋に戻ると、相弟子の黒丸左門が、不機嫌そうに薪《まき》を割っている。

「左門――今、旅の女は訪ねてこなかったか?」

と、訊くと、左門は見むきもせず、

「先生のところじゃ」

ぶすりと返し、

「おぬし、先生がお呼びじゃ」

と、付け加えた。

左門の陰湿な性質は、疾《と》うに承知していることである。

さして、気にも留めず行きかけると、左門が、はじめて顔をあげた。

「何しに来たのだ、あの女?」

きらりと鋭い一瞥《いちべつ》をくれて言う。

「さあ、知らぬ」

「かなり遣《つか》えると見たが……」

「うむ」

さすがに左門の眼は、盲の女の腕を見抜いているようであった。

左門はふたたび斧を取ると、黙って薪を割りはじめた。

体の構え、眼のくばり、ふりかぶった斧《おの》を打ちおろす刹那《せつな》の気魄《きはく》は、あたかも相対する敵でも斬り伏せる時のような殺気をはらんでいる。

……愛洲元香斉の父は、陰流の始祖として勇名な愛洲移香斉久忠である。

移香斉は、伊勢の国、五か所の生まれ。念阿弥慈恩斉について、念阿弥流を修めたのち諸国を遍歴。

三十九歳の折、日向の国、鵜戸の洞窟に参籠《さんろう》して陰流を創始した。

老境に入ってからは、子の元香斉に道場をゆずり、おのれは鵜戸神宮の神職となって余生を送り、八十七歳の高齢で逝った。

元香斉は、通称を小七郎宗通という。

幼少より過酷な陰流の苦行に耐えて勇武絶倫、長ずるにつれ剣名は父を凌ぐまでに高まった。

今は、すでに老齢のため、元香斉みずから手をとって教導する機会は稀であったが、それでも、剣に憑《つ》かれた若者たちは、元香斉のもとで、ひたすら修行を積むことを誇りとした。

元香斉の晩年——内弟子のなかで、もっとも知られたのは、兵藤彦九郎、および黒丸左門の両名である。

技前はほとんど互角であったが、元香斉は、日頃から、暗い陰険な性情の左門をきらっていた。

左門は稽古においても、しばしば冷酷な感情を露《む》き出しにした。

先日も旅の兵法者と立ち合った折、矯激《きょうげき》に過ぎる対手の態度に憤怒し、故意に急所を狙って、死にいたらしめた。

以来、左門は師の元香斉より、稽古止めを申し渡されていた。

二

——何の御用だろう？

彦九郎は訝《いぶか》りながら、元香斉の庵へ急いだ。

「お呼びでございますか」

「彦九郎か、入れ」

「はい……」

元香斉の前に、先刻の女が静坐している。

長く後に垂らした漆黒の髪が、薄暗い部屋の中でも、若くつややかに光って見える。

彦九郎は、ぴたりと元香斉の前に坐って一礼する。

「彦九郎——そちは、この娘ごを知っていような?」

「は……」

彦九郎は、一瞬、返事に戸惑って、曖昧《あいまい》な声を発した。

「権太夫の見苦しい様を見たであろうが……」

言葉は、するどく重々しいが、元香斉は、にこやかに笑っている。

「は、はい——」

剛毅果断、峻烈な研錬を以て鳴る剣聖の前に出ると、さすがの彦九郎も固くなる。

傍の女は、身動きもせず黙然と坐ったままだ。

「よし、よし……権太夫奴、あれで気は小さい男じゃ。根は何もなかったのであろう。のう、彦九郎」

「はっ、左様に思いまする」

彦九郎は、救われた思いで、あわてて相槌をうつ。

——権太夫のおかげで、とんだ冷汗をかかされるわい。

彦九郎は一刻も早く、この場から逃れたい思いであった。

蛭権太夫は、いつ何処からともなく、ふらりと鵜戸へやって来て、そのまま、修行者たちの小屋に住みついた男だが……兵法者というよりは、むしろ無頼の放浪者と呼ぶに相応《ふさわ》しかった。

しかし、それでも、まだどこかに稚気を残し、直情で開けっ放しの性情が元香斉に愛されていた。

「……ところで、彦九郎」

「はい」

「この娘ごは、きょうから、そちたちと同門じゃ」

「は？」

怪訝そうに面をあげる彦九郎にかまわず、元香斉は続けた。

「彦九郎——そちは、鎌田陣内を憶えているであろう」

「はい」

鎌田陣内は、祖母山麓の郷士の子で、かつて、この鵜戸にあって、彦九郎らと共に剣技に励んだ同門の修行者である。

「陣内の奴——この娘ごの父親と立ち合い、敗れたのを恨んで闇討ちにしたというではないか」

「なんと？　闇討ちとは、また卑劣な！」

「陰流の名折れじゃ。わしは、陣内の師として、この娘ごに詫びねばならぬ」

「…………」

「陣内は、いずれかへ逐電したまま、行方知れずということじゃ。このように御目が不自由では、敵討《かたきう》ちの旅も、なかなか容易ならぬ。修行旁《かたがた》、しばらく鵜戸に滞在したいということじゃ。よしなに頼むぞ」

「はっ」

……女の名を美芳と言った。

美芳の父、時津八郎左衛門は、矢《や》ノ城《しろ》の豪族、伊集院義盛の兵法指南、数喜伝摩の高弟で、新極流の遣い手として知られていた。

新極流は、戸賀里玄斉の起こした戸賀里鋭心流の分派で、陰流と共に日向一円を風靡した剣法である。

鎌田陣内が、元香斉の門を出て、漂泊の身を数喜道場に寄せていた頃——、数喜伝摩が、陣内を義盛にとりなして仕官させようと骨折っていた。

その時、仕官の条件として、陣内が数喜道場の高弟、時津八郎左衛門と、互角に闘えるほどの技前ならば、という意見が出されて、義盛の前で、ふたりの試合が行なわれた。

試合は陣内の敗北に終わった。

仕官の途を失った陣内は、ある夜、意趣返しに、八郎左衛門を闇討ちにして、行方をくらました。

家中に讒訴《ざんそ》する者があって、八郎左衛門の死は、浮浪剣士との私闘の果てによるもの、と裁断された。

妻は先年病没しており、後を継ぐべき男の子もなく、娘の美芳とふたり暮らしであった八郎左衛門の家禄は没収同様。

美芳は生来の盲の身ながら、幼少より八郎左衛門について、新極流の剣を学んでいたため、

「武芸のできる女子ならば、見事、陣内を討って参れ!」

と、いう義盛の命に、直ちに矢ノ城を発って陣内を追った。

女で、しかも目の見えぬ不自由な体である……。何処に去ったとも知れぬ陣内を探して、諸方を渡り歩く美芳の旅は困苦をきわめた。

美芳の身の上に元香斉が同情した。

美芳のすまいは、元香斉の庵の近くに建っている小屋が宛《あて》がわれた。

盲の若く美しい美芳の出現に、鵜戸の修行者たちがおどろいた。

「おい、見たか、今度来た女の修行者を……」

「うむ、大層、遣えるというではないか」

「なアに、たかが女のど盲じゃ。遣えるといっても知れたものよ」

修行者たちは、さまざまに取り沙汰し合いながら、心中、誰もが美しい美芳との手合わせを望んでいた。

美芳が道場に現われると、

「そこもとは、新極流の達者と聞いておる。それがし、一手御教授にあずかりたい」

などと、体のいい世辞を言いながら、美芳の側へ寄って行くが、大方は美芳に敗れて、すごすご引きさがった。

……鵜戸へ戻ってきた権太夫が美芳の姿をみとめて愕《おどろ》いた。

――あいつ、入門したのか。

今更のごとく断崖の道で、悪戯《いたずら》をしかけたことが悔まれた。

ある日、権太夫が、茅葺小屋の前を通りかかると、美芳が着物を濯《すす》いでいる。

うしろめたい思いを抑えながら、足ばやに過ぎようとすると、ふと、

「いつぞやは、失礼を……」

美芳がにこやかな面をあげた。

権太夫は、はっと胸をつかれた。

——此奴、どうしておれのことがわかるのだ？

「や、その……」

うろたえた権太夫は、わけのわからぬ言葉を口ごもりながらそそくさと、逃げるようにして、おのれの小屋に戻った。

「おい——あの女子、おれのことを憶《おぼ》えておるぞ」

彦九郎に告げると、彦九郎は、仔細ありげに笑っている。

「盲のくせに、どうしてだ？」

権太夫が怒ったように訊く。

「知らぬ」

彦九郎のにべもない返事に、権太夫は一層いらいらしながら、

「なんとかならぬか？」

「なんとかとは？」

「おれは、あの女子は苦手じゃ」

「ふざけた報いじゃ」

彦九郎が涼しい顔をして言う。

「なにっ！」

「いたしかたあるまい」

彦九郎は、権太夫の狼狽《ろうばい》ぶりがおかしくてならない。

「先生に知れたら困る」

権太夫が渋面をつくる。

「もう遅いわ。先生の耳には、疾《と》うに、入っておる」

「ちえい！　何ちゅうことじゃい」

「心配するな、先生は、お前を庇《かば》っておられたぞ」

と、聞いて、にわかに権太夫が、相好をくずした。

「そうか、それは有難い」


……酷烈な修行の日が続いた。

元香斉は、初めから、美芳が女であることも、盲であることも、一切無視して、常人同様に、厳しく鍛えあげた。

美芳が、鵜戸に来てから、すでに一年が過ぎた。

美芳はもはや、権太夫とも和解し、また彦九郎や、他の修行者たちとも親しくしていたが、ただ、黒丸左門とは、気がねなく打ち解けぬばかりか、言葉すら、ろくに交わしていなかった。

左門はすでに稽古止めも解かれ、道場へは自由に出入りできる身となっていた。

しかし、依然として彼の暗い影を引きずったような陰鬱《いんうつ》な姿には、いささかの変化もない。美芳が、

「左門様――稽古をつけてください」

と、鄭重に頼んでも、左門は、いつもきまったように、

「拙者、婦女子を対手にしたくはない」

と、冷ややかな言葉を吐いて突っ放す。

「左門様は、どうしていつもあのように仰しゃるのでしょう」

怪訝に思った美芳が、ある日、この事について、彦九郎に話したことがある。

しかし、彦九郎は、

「左門は、少々変わり者での……気になさるほどのことではござらぬ」

と、言っただけであった。

……ある時、権太夫が、あわただしく美芳の小屋に駆け込んできた。

「美芳どの――旅の武芸者が来おった。手強《てごわ》そうな対手じゃ」

「入門ならば、先生に……」

「入門ではない。手合わせしたいと言っておる」

「ならば、彦九郎様に……」

「彦九郎は先生の供で、津花に出かけた。めぼしい奴は、みんな一緒じゃ」

「左門様も、お出かけですか?」

「左門ならば小屋に寝ころんでおる。今、呼びに行ったところじゃが、あいつ、美芳どのの胸を試すには、いい機会じゃ、と言って、なかなか腰をあげぬ」

拗《す》ね者の左門らしい言い草であった。

美芳は、仕方なしに道場へ出た。

道場にひかえていた武芸者は、美芳をながめて、ぎくりとしたようであったが、

「重だった者、皆不在でございます。女対手の立ち合いでは、さだめし御不満かと存じますが、何卒お許しを……」

折り目正しい美芳の言葉に、居ずまいを正して、

「拙者は、佐土原、島津家の浪人、富部左衛門太郎と申す者でござる。剣の道に男女の別はござらぬ。一手、お願い申す」

と、鄭重に挨拶した。美芳は、謙虚な武芸者の態度に好感を持った。

双方、道場の真ん中に出て対峙する。

美芳は、細身の木太刀を横一文字に構えた。新極流相伝の技に、陰流独特の刀法を加味した心眼無想《しんがんむそう》の構えである。

かねて、美芳の激烈な研錬によって案出されたもので、攻防二手、自在に変化して神速の間に対手の動きを切り裂く。

いっぽう左衛門太郎は大上段――実戦の場数を踏んだ手練《てだ》れとみえて、烈々たる気魄を全身にみなぎらせている。

双方とも、打ちおろす隙はまったくない。

数秒おいて――、

左衛門太郎は、おのれが、次第に気押《けお》されていることを覚った。

思わずじりっと後に退ったとき、

「とう――」

凛然《りんぜん》たる気合がほとばしって、急激に変化した美芳の木太刀が、真一文字に突いてきた。危く躱《かわ》して、

「やっ――」

と、ばかり撃って出る。

すばやくくぐって踏み込んだ美芳の体が、わずかなあわいを縫って、風のごとく右へ奔《はし》った。

「や？」

息をひそめて、ふたりの試合に見入っていた権太夫が、思わず声をのんだ。

苛烈な横薙《な》ぎの一閃《いっせん》を、したたか脾腹《わきばら》に受けた左衛門太郎がぐらりと前屈みになって膝をついた。

「まいった！」

「御無礼をいたしました」

美芳は静かに木太刀をおさめた。

「はじめは、お手前を、女と思って見縊《みくび》っていたが、いやはやまったく腕の相違——拙者の遠くおよばぬところ……」

左衛門太郎が、大きな息をつきながら、美芳の腕を称賛する。

「未熟者の怪我勝ちと申すものでございましょう」

「なんの、なんの——そのように言われては一段とお恥ずかしい」

富部左衛門太郎は、恬淡《てんたん》とした態度で、引きあげて行った。

三

美芳は岩陰の小径をおりて、谷川のほとりへやって来た。

富部左衛門太郎との立ち合いで汗ばんだ体を清めるためであった。

ヒギリ、ダンチク、マルバグミ、シャリンバイなど、この地特有の欝蒼たる亜熱帯の樹林に囲まれた谷川は、若い女には恰好の水浴の場所となっている。

美芳は着物を脱ぐと、白い裸身を静かに岩陰のよどんだ水の中に沈めた。

豊かな乳房が、みずみずしい若さにかがやいて、清冽な流れのなかで、美しく揺《たゆ》蕩《た》った。

遠くの方で、駒鳥が、すずやかな声で、長く何度も鳴いた。

美芳は、その声をうっとりとした気持ちで聞いていた。

厳しい剣の修行から解放された安らぎのひとときであった。

と、そのとき――。

ふと、深い蘇鉄の葉陰から、おのれの裸身のすみずみまで、ねめまわしているようなおぞましい男の視線を皮膚に感じた。

すばやく岩陰に身をひそませて叫んだ。

「誰です？」

たしかに誰かが近くに隠れている。

今一度、見えない対手に向かって呼びかけた。

「卑劣だとは思いませぬか！」

「…………」

かすかに動いたようであった。

美芳は着物を手繰って、急いで身につけた。羞恥《しゅうち》のために全身が火照《ほて》った。

そのとき、一叢《むら》の蘇鉄の陰から、うっそりと姿を現わした者があった。

黒丸左門である。

左門は淫靡《いんび》な笑いを含みながら、美芳の方へ近づいて行く。

「左門様ではございませぬ」

「ふふふおわかりかな」

「なんと卑しいことを……わざわざ私を嬲《なぶ》りに来られましたな」

憤然として美芳が言った。

「嬲りには来ぬ、ただ、さきほどの立ち合いをみて、わしも一手、お願いしたいと思ってな」

「ならば、何故こんな場所に」

凜乎たる美芳の気勢に、左門はどぎまぎしながら、

「人目には見られたくない。そこもとに敗れたら、見苦しいのでな」

「…………」

「ここに木太刀も用意してきた。さ、参られい」

左門の真意は測りかねたが、何はともあれ、彼と手合わせができることは嬉しかった。左門を対手に、おのれがどれほど闘えるか——また一度も木太刀を合わせたことのない対手だけに心が躍った。

すでに美芳の顔から、羞恥の色は消えている。

「場所は岬明神にしたいが……」

「心得ました」

ふたりは暖地植物の群落を抜け、海に近い岬明神の窪地で木太刀を合わせた。

相青眼に構えて、たがいに対手の隙をねらう。

不敵にも美芳がじりっと前に詰める。

——うぬ。

左門が青白い面貌を歪めた。

凄絶の剣気が草上《そうじょう》に満ちて——一瞬、左門の咽喉から激烈な気合がほとばしった。

「やあっ——」

美芳の面上に向かってはげしい一撃をくれる。戛然《かつぜん》と刎《は》ねて逆に左門の肩へ——と、すばやくくぐった左門の体と、同時に踏み込んだ美芳のそれとが激しくぶつかり合った。そのとき、左門が、からりと木太刀を捨てて、いきなり美芳に組みついてきた。

「何をなさる！」

「美芳どの」

「無体な！」

左門の顔が嶮しく痙攣《けいれん》している。

「美芳どの——わしは、そこもとが好きじゃ。盲じゃとてかまわぬ、存分の真心はつくす。わしのものとなってくれい」

思いもかけぬ左門の言葉に、美芳は仰天した。

左門は美芳を押し倒そうとして、力まかせにのしかかってくる。

左門の重みに耐えられず、美芳の体が蝦反《えびぞ》りになって、草上に倒れる。得たりとばかり左門が被さる。

「あっ——」

さすがの美芳も、身動きもできず、いたずらに空しい声を発して踠《もが》くばかり。左門の熱い息がかかってきた。

と、そのとき、左門の体が弾かれたように美芳の側からすっ跳んだ。

「だ、だれじゃ！」

左門が狂憤の声を発したとき、

鋭い言葉を浴びせて現われたのは彦九郎であった。

「左門、見苦しいぞ」

「ふん、邪魔者がはいったか」

「左門、おぬしは、何と浅間しい男じゃ」

「ちえい——利《き》いた風のことをぬかす！」

と、叫んで突如左門が彦九郎に斬りつけてきた。

「馬鹿！　よさぬか」

「たたっ斬ってくれる、ええい、死ねっ！」

「血迷ったか左門」

彦九郎は激しく叱咤《しった》しながら躱《かわ》していたが、左門の滅多矢鱈の斬り込みに、遂におのれも大刀を抜き合わせた。

「死ねっ、死ねっ！」

二撃、三撃――狂ったように襲いかかる左門の切先を、彦九郎は巧みに外し、隙をみて猛然と攻撃に移った。

日頃は技倆互角のふたりだが、猛り狂った左門の破れかぶれの太刀遣いよりは、冷静な彦九郎の剣先に、鋭さと確かさがあった。

左門は遂に崖下の湿地に押し詰められ、進退きわまると、

「うぬっ――」

凄まじい声を発しつつ、反撃の大刀をたたきつけてきた。

その刹那――彦九郎が片膝低く舞うように身を沈ませたとみるや、

「えいっ！」陰流必殺の逆胴斬り――見事にきまって、

「うっ――」

鮮血に染まった左門が、二、三歩前にのめって、ばったり崩れる。

暗然たる思いで、大刀の血のりを拭って鞘におさめた彦九郎は、左門の死骸に向かって、しばし、瞑目《めいもく》したままであった。

凄絶な死闘の有様を、凝然と突っ立ってうかがっていた美芳は、左門が彦九郎に斃《たお》されると、思わず彦九郎の側へ駆け寄った。

「彦九郎様──危いところをありがとうございました」

「いや……なに、先刻、津花より戻ったばかりでな。今、薬草を取りに参ったところでござった」

「お恥ずかしいところをお目にかけ、面目ございませぬ」

「いや、お気になさるほどのことではござらぬ」

彦九郎は、こともなげにそう言ったが、美芳は、おのれの無様な姿を晒《さら》したことが恥ずかしくてならなかった。

道場に戻ると、直ちに彦九郎は、元香斉に左門と余儀なく決闘におよんで、斬殺した旨を報告した。

「拠《よんどころ》あるまい、拗《す》ね者にしては、めずらしく腕の立つ奴であったが……」

元香斉は撫然として呟いた。

四

翌る年——。

二月とは言え、さすがに南国の春は早い。

ふりそそぐ陽射しはあたたかく、鵜戸の山々には、すでに桜がほころびはじめた。

飫肥城主、伊東祐兵に招かれて、飫肥に遊行していた元香斉が、鵜戸にいる美芳の許へ意外な知らせをもたらした。

鎌田陣内が、伊東家の兵法指南役、真幸田丹左衛門の道場に身を寄せているというのである。

丹左衛門は、元香斉の高弟で、彦九郎等と同様、陣内とは同門の身である。沈着剛勇の武辺者として知られ、伊東家中において人望を集めていた。

その丹左衛門の許に、鎌田陣内が姿を見せたのは、一月ばかり前のことであった。

丹左衛門が所用から戻ってくると、いつもと違って、道場の雰囲気が穏かでない。

門弟の報告によると、同じ陰流を遣う兵法者がやってきて、重だった門弟たちをことごとく打ちやぶり、

「揃いも揃って、未熟者ばかり、もそっと、性根を入れて励んだらどうじゃ」

と、罵声を浴びせて去ったという。

「……して、その兵法者、何と名乗ったぞ?」

気負い込む丹左衛門の問いに、門弟は、鎌田陣内の名を伝えた。

「なに、陣内——」

丹左衛門は直ちに陣内の旅宿を訪ねて行った。

「陣内——」

「おう、丹左か……」

ふたりとも、鵜戸を出てから、久しぶりの邂逅であった。

「おぬし、人が悪いぞ」

と、丹左衛門が詰《なじ》ると、

「おぬしの門人、どれほどの腕かちょっと試してみたくてな」

陣内は皮肉な笑いを浮かべた。

「して、陣内——おぬしこれから何処へ行く心算じゃ」

丹左衛門は、陣内が時津八郎左衛門を闇討ちした事件については、まったく知らなかった。

「あてなどあるものか、行く先々の道場で、草鞋銭《わらじせん》を稼ぐのがわしの生業《なりわい》でな……」

陣内の窮迫した身の上に同情した丹左衛門は、

「どうじゃ、おれの道場に来ぬか。なに、時折、門弟たちに稽古をつけてくれれば、干乾しにはせぬ」

折をみて、祐兵にとりなし、伊東家に仕官させようとも言った。

「……ならば、おぬしの言葉にあまえるとするか」

と、いうわけで、陣内はその日から丹左衛門の道場に身を託することになった。

……そして、今では彼の剣の技倆も、飫肥城中まで聞こえ、近々、伊東家の役付きになるという噂までたっていた。

城内において、丹左衛門の報告を不快げに聞いていた元香斉は、即座に、

「丹左――、陣内の仕官のとりなし、無用にせい」

と、言った。

「は？　それは、また何故でございますか？」

「あいつ、陰流の名を恥ずかしめおった」

「何と仰せられます？」

「伊集院家中の時津八郎左衛門という武士を闇討ちにしたのじゃ」

「それは、真実でございますか？」

「うむ――立ち合いに敗れたのを根に持ってな……」

元香斉により、一部始終が祐兵に報告されると、陣内の仕官は沙汰止みとなり、早急に仇討《あだう》ちの場所と日時が取り決められた。

剣名一世を風靡《ふうび》する愛洲元香斉の門下で、放埒無慘《ほうらつむざん》の遣い手鎌田陣内と、これに復仇《ふっきゅう》しようとする美芳の立ち合いが家中に広まると、飫肥城下は一時に湧き返った。

天正十六年、二月二十日、飫肥城内、北広場——時は巳《み》の刻。

この日、南の空は群青色に晴れわたって、広場をめぐる常緑樹の間から、のどかな春の小鳥の囀《さえず》りさえも聞かれるという麗らかな日和……だが、あたり一帯、沈欝の気におしつつまれ、祐兵はじめ並み居る人々の間からは、咳《しわぶき》ひとつ起こらぬ。

重苦しい時が刻まれ、やがて、美芳が東側の幔幕から現われた。

白装束に漆黒の髪を肩まで散らし、細く濃い眉の下に、ひたと閉じられた眸子《ぼうし》は痛々しいが、凛乎たる気品を漂わせて進み出る。

しばらくして——西側に鎌田陣内が姿を現わす。

忸怩《じくじ》たる気配は微塵もみせず、傲岸《ごうがん》の面貌に酷薄な笑いさえ浮かべて歩み寄る。

双方、間合い三間をおいて立ちどまるや、殆ど同時に鞘《さや》を払った。

美芳の構えは、陣内の右八相に対して曳中段《えいちゅうだん》——。

——あっ

陣内が愕然として眼をみはった。盲のしかも嫋々《じょうじょう》たる若い女が、これほどまでの遣い手とは、思いもかけぬことであった。

剣と体の動きを毫秒《ごうびょう》の間に映し、敵に撃たせずおのれより水理の中に飛び込んで対手を斃す――鬼胎《きたい》の構えに対して、天心に転ずれば、すかさず撃って出るは必定。すでにそのとき、おのれは得物を奪われたも同然、防ぐ手段はない。

狼狽した陣内が、拾身の一撃を、こころみるべく突進したとき、

「えいっ――」

裂帛《れっぱく》の気合もろとも、美芳の艶麗《えんれい》な姿が、躍って剣尖《けんさき》が流れた。

間髪の差で避けた陣内が、身を沈めざま、美芳の脇腹狙って刎ねあげた。

――が、それより速く飜然《ほんぜん》と躱した美芳が、刃唸り鋭く必殺の剣を、大きく袈裟《けさ》がけに斬りおろした。

「あっ――」

見守る人々が、竦然《しょうぜん》と声をのんだとき、陣内が鮮血を噴いて声もなく砂上に斃れた。

城山の女

一

病舎の中は負傷兵でいっぱいだった。

血の滲んだ繃帯に顔半分を包んでぐったりうなだれている者もあれば、片脚を失ってうめいている者もある。化膿した体中の傷口に蠅をたからせながら身動《みじろ》ぎもせず俯《うつ》っ伏《ぷ》している者もあれば、両眼を砲弾の破片に刳《えぐ》られてころがっている者もある。

惨憺《さんたん》たる光景に、袖《そで》は覚えず息をのんだ。と其処へ医師である伯父の隆竜が姿を見せた。

「何しに来た?」

「すこしでもお役に立とうと思いまして……」

「手伝いにか?」

「はい」

「莫迦《ばか》な！」

隆竜は一喝した。

「此処は戦場と同じじゃ。女子の来るところではなか」

「わかっておりもす」

「ならば、何故来る！」

隆竜はいっそう声を大きくした。

子供の頃から伯父の大声には馴れている。袖は思わずにこりとなった。

「何が可笑《おか》しい！」

と、隆竜がまた怒鳴った。

袖はすずやかな眼眸を向けて、

「怪我人の看取りならば、女子にもできましょう？」

と、言った。

「それは平時の場合じゃ。つべこべ言わず、早う戻れ」

「戻りませぬ」

「何を言う。此処にはいつ鉄砲ン玉が飛んでくるかわからん。ぐずぐずしちょると命はなか！」

「覚悟は出来し居りもす」

「なに？」

「伯父様や城山《しろやま》ン衆《し》と死ねれば、本望でござす」

袖は凛然《りんぜん》と言い放った。

業《ごう》を煮やした隆竜はとうとう、

「ええい、勝手にせい！」

と、叫んで別棟の病舎へ行ってしまった。勿怪《もっけ》のさいわいとばかり、袖はさっさと奥へ通る。

病舎といっても、普通の民家である。隆竜がふだん使っている納戸に近い奥の一室で、袖は屋敷からかかえて来た看護用の仕着せに着替え、そして男のように白縮《ちり》緬《めん》の帯をしめて小刀を差し、きりっと鉢巻を結んだ。

政府詰問の理由で鹿児島を進発した薩軍が熊本城攻撃に失敗して人吉にしりぞき、さらに日向路へはしって延岡の可愛岳《えのたけ》を越え、鹿児島へ舞い戻ってきたのは、今から十日ほど前のことだった。
その日の明け方――袖は屋敷の雨戸をたたく音に目を醒ました。

縁側に出て端の雨戸をすべらせると、いきなり、

「袖さァ……」

沓《くつ》脱ぎに立った黒い影が呼びかけた。

「あっ」

と、叫ぶなり、袖は胸の中が滾《たぎ》って、しばらく口も利けずに対手《あいて》の顔をみつめた。

男は西郷に従って出陣した許嫁《いいなずけ》の妹尾万次郎であった。

熊本敗走以来、音信は絶え、生死のほどもさだかでなかった懐しい万次郎がひょっこり元気な顔を見せたのである。

「万次郎さァ……」

袖はすがりつきたいような衝動をこらえながら声をおののかせた。

「今、戻って来もした。西郷さァも桐野さァも、いっしょでごわす」

万次郎は持ち前のきびきびした声で言ったが、紺木綿の袷《あわせ》に小倉袴を着け、長刀を背に負った進発当初の凛々しい姿は戦塵にまみれて、秀麗の面貌には、どことなくいたいたしい敗惨の翳《かげ》が漂っている。

「よう御無事で……」

「さんざんな目にあいもしたが、なァに、戦はこれからでごわす」

万次郎は昂然《こうぜん》と眉を張った。

時ならぬさわぎに隆竜や屋敷の者も起き出て万次郎の周囲にあつまってきた。

みんな思いもかけぬ万次郎の帰還におどろき、こもごもに手を取り合って彼の無事をよろこんだ。

剛毅な隆竜も、さすがにこの時ばかりは潤んだ眼をしばたたかせ、よかった、よかった——と、しきりにおなじ言葉をくりかえしていた。

「……で、おはんたち、これから如何《どげん》するつもりじゃ？」

と、隆竜が訊《き》いた。

「はっ……隊士は減ってしまいもしたが、まだ西郷さァも桐野さァも、お達者でごわす。これから、城山に籠もって、再挙を図るつもりでごわす」

「うむ……」

「私は今からすぐ私学校奪回の斬り込みに参加しもす。今、南方の佐山峠からこっちへやって来もしたので、如何して居られるかと思って、ちょっと寄ってみたところでごわす」

「うむ……それはわざわざ……。が、斬り込みには気をつけたがよか。私学校には官軍の巡査隊が仰山詰めておるちゅう噂じゃ」

「はっ、承知しもした」

万次郎は乱れた髪をかきあげ、

「官軍の新式鉄砲には困っておりもす。遠くから射かけられると、うっかり近寄ることもできず……せっかくのこいつも、さっぱり役に立ちもはん」

そう言って、背に負った長刀の柄《つか》をたたいて笑った。

「さァ、万次郎どん、おはん、もう行っきゃい……。おくれると、皆《みな》ン衆《し》にわるいからのう」

隆竜が名残り惜しそうに促した。

「はっ！　では、これで……」

一揖《ゆう》しながら、万次郎はちらと袖の顔をみた。

袖は急に胸が熱くなって、

――万次郎さァ。

と、呼びかけたが、

「また会いもそ……。皆さァもお達者で……」

と、万次郎は叫んで、いきなり、ぱっと門口の方へ駆け出した。

その日の午後――。

薩軍の猛将、辺見十郎太のひきいる抜刀隊が私学校を奪回し、続いて貴島清らの城山斬り込みが成功したというしらせが隆竜の許に届いた。

——よかった。

隆竜や袖はようやく愁眉《しゅうび》をひらいた。

が、それも束の間、二、三日たつと、はやくも城山に籠もった薩軍隊士の窮状が伝えられた。

郷民たちのあいだで、

「西郷さァは岩崎谷に穴を掘って隠れておじゃるそうな」

とか、

「城山ン衆は弾薬を射ちつくして、部落の鍋や釜を集めて弾丸を作っちょるそうな」

と、いう噂が立ちはじめたのである。

それに糧食もほとんどつき果て、薩軍は朝夕山芋やタチワケの実をかじって飢えをしのいでいるというささやきも聞かれた。

噂はすべて事実であった。

薩軍の最後のたのみであった募兵も思うにまかせず、谷山郷の士族数十名の参集をみたのみで、残徒の勢力は軍夫ともわずかに四百余名。

そのうち銃器を有する者は半数にもみたず、砲は大小合わせて四門、それに私学校奪回の折に手に入れた臼砲が五門――それもたちまち砲弾をうちつくして、刀刃による斬り込み以外には、何等うつべき手段もないという惨状であった。

それにひきかえ、官軍は様々と鹿児島に集結して、第一、第二、第三、第四旅団に加えて、別働第二、新撰、熊本鎮台の各旅団が完全に城山を包囲しているのであった。

再挙どころか、もはや薩軍は網中の魚も同然の運命にあった。

鬱々《うつうつ》たる樹林の陰に壕を掘り、狭間《はざま》の岩壁に洞窟を穿《うが》って、必死の抵抗をこころみている彼等は連日錦江湾からの艦砲射撃と峡間に接近した官兵たちの銃弾の浴びせ射ちがくりかえされていた。

負傷兵が続出した。

病舎は城山周辺の麓の空屋になった民家に設けられていたが、医師の不足と、薬品の窮乏のため、よほどの重傷者でないかぎり、大方《おおかた》はそのまま放置されていた。

隆竜はある日――下男の伝吉と弟子を連れて城山の病舎へ出かけた。

窮状を聞いてじっとしておれなくなったのである。そして遂にそのまま病舎に泊まり込んで、連日傷病兵の医療に没頭するようになったのである。

隆竜の屋敷は城山を北に三里ほど離れた猪《い》の子石《こいし》という小さな部落の外れにあったが、時折隆竜の用事で戻ってくる伝吉によって、薩軍の模様が報告された。

袖はそのたびに、いても立っても居られないような焦躁を覚えた。

それほど薩軍が窮地に追い詰められているならば、せめておのれは病舎におくられてくる人々の看取《みと》りでもしたいと思った。そして、遂に思いあまって、きょう、草牟田本道の薩軍堡塁《ほうるい》の裏手の山陰を伝い、隆竜の病舎へやってきたのであった。

二

夕刻——。

またひとり重傷者が死んだ。

昨夜まで本田屋敷一帯をかためて元気に戦っていた隊士のひとりであった。

無数の砲弾の破片を腹部に受け、ひとめ見たときから絶望と思われたのであったが、ついに混濁した意識のまま息をひきとった。

腹巻きの中にたたみこまれた書付けには、日向佐土原士族、津江六三郎、二十三歳と記されてあった。書付けといっしょうに赤いお守り袋とタチワケの実が出てきた。

お守り袋は、母親か恋人かが持たせたものであろうか、汗と脂にひどくよごれてはいたが、丈夫な糸でかがられてしっかり首にかけられていた。

タチワケの実は糧食の欠乏を補うために、それぞれの隊士に配られているのであった。袖は懐中深く秘められたそれを見て胸がいたんだ。

蒼白の死に顔から苦悶の翳《かげ》は消えていたが、傷口にははやくも無惨な腐臭があった。

病舎の手伝いの男たちが土を掘った。空しい鍬《くわ》のひびきであった。

彼等はひとことも口を利かなかった。

棺もなければ花束もない蕭殺《しょうさつ》たる戦陣の埋葬に胸を塞《ふさ》がれているのだろう。

万次郎もまたいつかは同じ運命を辿るやも知れぬと思うと、袖はたまらなく寂しかった。

無謀な戦が今更のごとくうらめしく思われ、何者へも知れず叩きつけたいような憤りがわき起こるのを感じた。

袖が両親を失ったのは八歳の時であった。薩摩藩士の父、文五郎は役目上の些細な粗相《そそう》から家禄を奪われて憤死し、母は風邪をこじらせて急逝したのである。

ひとり娘であった袖は、文五郎の兄隆竜の許へひきとられた。

隆竜も妻のりくも袖をおのれの子供のごとく可愛がった。りくは富田流小太刀の名手であったので、袖も幼少よりこれを仕込まれた。嫋々《じょうじょう》たる物腰に似ず袖は剣に天稟《てんぴん》の冴えを見せ、鹿児島の若い女のあいだでは屈指の遣《つか》いてとなった。

万次郎は隆竜の朋輩で、帖佐の郷士、妹尾栄之助の次子で、これは薩摩藩の御家流、東郷示現流をよく遣った。

武芸達者のふたりが、しぜんに仲良くなるや隆竜も栄之助も快くこれを許し、今年の秋ふたりは式を挙げる手筈になっていた。しかし、今度の戦がふたりの仲をさいた。

薩軍がやぶれにやぶれて、日向の延岡の長井村まで落ちのびたときから、袖はもう万次郎とは永久に結ばれないのだ、とあきらめていた。

葬《とむら》いを終えて病舎へ帰ると、伝吉があわただしく駆け込んできた。

袖がどうしたのか、と訊くと、

「万次郎様が見えもす……」

と、言う。

「本当の事でござすか？」

「はい……すぐ、其処におじゃいもす」

袖はそれを聞いて、さすがに喜びの色を隠しきれなかった。

ややあって、万次郎は彼よりも若い隊士をふたり連れてきた。

用件は薩軍に同情する人々よりおくられた食物や衣服を受け取りにきたものだった。

薩軍の籠居《ろうきょ》以来、城山周辺の人々は麓の各病舎にいろいろなものを持ちよっていた。それを陽の落ちる頃、薩軍の堡塁から、官軍の眼を盗んで受け取りにくるのだった。

万次郎は袖の姿を認めると、

「一の病舎の女子とは、袖さァの事でごわしたか？」

と、おどろいた。

城山の麓には三箇所の病舎があり、隆竜の病舎は、一の病舎と呼ばれていた。

万次郎の話によると、薩兵たちのあいだで、一の病舎に女がいることが評判になっているというのだ。

「まァ……」

袖は顔をあからめた。

「着物や食い物の受け取りは、一の病舎を希望する者が多うごわして……。いや、それぱかりではごわはん。怪我人たちまでが、どうせ後退するなら此処がよか……と言うちょりもす」

万次郎はそう言って、さもおかしそうに笑った。

屈託ない万次郎の冗談にひきこまれて、袖も次第に明るい気分をとりもどしていた。

「隆竜さァは、何処《どき》おじゃいもした（何処へ行ったのか）」

と、万次郎が訊いた。

「官軍の哨線《しょうせん》から使いが来もして……」

「何？」

万次郎が鋭い視線をはしらせた。

「心配ごわはんと……」

と、応え、用件はまたいつものごとく、一の病舎を他の場所に移せという催促だと語った。

官軍はこれまでにたびたび一の病舎が薩軍の堡塁に接近していることから、傷兵の収容ばかりでなく薩軍の休息や糧食の貯蔵にも使用されることを詰《なじ》って、撤去を命じているのであった。

「隆竜さァも、なかなかの苦労ごわすなァ」

万次郎はしみじみとした調子で言った。

「官兵は病舎の者には、危害を加えもはんので助かります」

「それは何よりごわす」

「伯父は、もっと若かったら、城山に籠もるのに……と言うておりもす」

しばらくして万次郎たちが用事をすませて立ちあがりかけたときだった。見張りに立った病舎の男があたふたと駆けこんできた。

「大変でござす。官兵がこっちの方へやって来もす」

対手は十人ばかりだと言う。

手負でない薩兵とみれば、きっと官兵は攻撃してくるにちがいない。

対手が十人では、いかに万次郎が示現流の達者でも危険だ。

「この上に……早く！」

咄嗟《とっさ》に袖は万次郎たちを病舎の天井裏に潜ませた。

万一の時を慮《おもんばか》って、隠れる場所は考えられていた。

まもなく、どやどやと足音が乱れて官兵たちが侵入してきた。

洋服を着けた肩に雨衣を背負い、一刀を引き抜いた下士らしい男が袖の前に立った。

伝吉と病舎の男たちは、他の官兵たちに剣付銃をつきつけられておびえている。

「女!」

下士が怒鳴った。

「此処は病舎です。乱暴はおひかえください」

袖は臆する色もなく言った。

「ふん! 利《き》いたふうなことをぬかしおる」

「何の御用か存じもはんが、舎長は、いま留守です」

「舎長に用はない。三人ずれの薩兵が此処へ来たであろう」

有無を言わぬ権高な物の言い様であった。

が、袖はさわらぬ態《てい》にて、

「今、引き返されもした」

「どっちへじゃ?」

「城山へです」

「知れたこと！　城山の穴よりほかには、戻るところもない手合じゃ。聞いておるのは道のことじゃ？」

「あいにくでござす」

「何っ！」

「戻り道のことまでは知りもはん……」

憎々しげな下士の態度に袖はそっぽを向いた。

下士は前に詰めると、汗くさい顔を寄せて袖をにらみつけていたが、急ににやりと笑って、

「別嬪《べっぴん》じゃな……」

と言い、つと袖の頬を指先でつついた、が、さっと袖の手で振りはらわれると、照れ隠しに、

「気の強い女じゃ」

と、下卑《げび》た笑いをひびかせながら、部下を促してひきあげていった。

三

袖が官兵に引き立てられて行ったのは、それからまもなくであった。

官兵が去るや怱々《そうそう》万次郎たちが病舎を辞したことが禍《わざわい》を招いた。

病舎周辺の物陰には官兵が潜んで見張っていたのである。

それに万次郎たちがひっかかったのである。

袖が万次郎たちを送り出してほっと一息つきかけたとき、突如、山道に銃声がひびいて、ものものしい人声や足音が乱れた。

ややあって、銃声は峠のほうで何発も起こった。

万次郎たちが官兵に追われて逃げるのであった。

袖は後悔したが、今となってはもはやどうしようもなかった。

半刻ほどたつと、先刻の官兵たちがふたたび姿を見せた。

「やい、女!」

「おのれ、先刻はよくもしらじらしい嘘を!」

官兵たちはかんかんに怒っておめき散らした。

袖はだまって官兵を見遣った。

「ただの女ではあるまい!」

「………」

「本隊まで来てもらおうか」

「出ろ！」

エンピール銃を胸に突きつけた兵士が怒鳴った。

士官は袖の差した小刀を見て、

「刀を捨てい！」

と、言ったが、

「たかが女ひとりの刀が、それほど気になりますか……」

と、袖が皮肉を言うと、ふん——と鼻で嗤《わら》って、黙って袖を外に突き出した。

「お嬢さァ……」

伝吉がおろおろしながらついてきた。

「老いぼれはすっこんでおれ！」

兵士が銃を向けた。

伝吉はおどろいて後退《あとずさ》りした。

袖は、二、三歩歩くとふりむいて、

「怪我人の看護をよろしく頼みます」

と、心配そうに見送る人々に向かって言った。

陽はすでに暮れて、叢《くさむら》ではしきりに虫が鳴いた。

月が出て、あるかなきかの風に傍《かたわら》の芒《すすき》の穂が揺れている。

紬の心は自分でも不思議なほど落ち着いていた。

紬が小半刻も歩かされて連れて行かれたのは、二本松裏の窪地に建っている百姓の空屋であった。

庭らしい庭もない貧寒たる家の周囲を見張りらしい官兵が、二、三人徘徊していたが、紬の姿を見ると、

「何じゃい、西郷軍には女もいたのか？」

と、言いながら、ものめずらしそうに近付いてきた。が、他の兵士たちが、それぞれ何やら耳打ちすると、心得顔で淫靡《いんび》な笑いを浮かべた。

紬は咄嗟に彼等の肚《はら》を読んだ。

――やっぱり。

紬はおのれが今まで神妙に歩いてきたことが莫迦《ばか》らしくなった。そして今更のごとく、官兵に対する怒りと憎しみとがつきあげた。

「入れ！」

下士が後から小突くのをくるりと躱《かわ》して向きなおった。

「こいつ！」

下士が狼狽《ろうばい》した。

袖はひややかにそれを見遣って、

「浅間しいお人たちござすな！」

と、鋭く浴びせた。

「なにっ！」

おのれらの魂胆を見透かされたと知って、官兵たちがぎくりとなった。

「うぬっ」

兵士のひとりが無理矢理押し込めようとしてつかみかかった。

瞬間、袖の体が舞うように沈んで、きらりと小刀がひらめいた。

「わあっ！」

裂くような悲鳴がはしって、兵士の肩から鮮血が迸《ほとばし》った。

「おっ？」

意外な事態に官兵たちが仰天した。

「こいつ、よくも！」

口々に喚《わめ》いて、いっせいにおどりかかった。袖は身がるく躱《かわ》しつつ、またひとり対手を斃《たお》し、機をみていっさんに山道へ駆け出した。

「追え！　追え！」

背後で下士が狂ったように叱咤《しった》した。

騒擾《そうじょう》を聞きつけた他の官兵たちが、ばらばらと何処からともなく走り寄って行く手をさえぎった。

飛び込みざま先頭のひとりを斃《たお》すと、あわてていっぽうは退いた。

袖はすばやく右手のくろい樹林に飛び込んだ。

続けざまに銃声が後ろの方でおこった。がいずれも弾丸は逸れて、傍《かたわら》の樹幹や枝にあたって激しい音をたてた。

袖は何度も樹の根や窪みに足をとられながら夢中で樹林の間を駆けた。

やがて――。

淙々《そうそう》たる谷川の音を聞いたとき、袖はようやくおのれが官兵の手から逃げ逐《おお》せたことを知った。

流れの音と、時折遠くで聞こえる野鳥の声よりほかには、何の物音もしない森閑たる山中の夜更けであった。

川に降りると、うすら蒼《あお》い月のあかりが樹陰から洩れて、清冽な流れが一段と美しく光って見えた。

咽喉《のど》をうるおして傍の岩角に腰をおろした。

危機が去ると、はじめて足や手首がひりひりと痛むのを覚えた。

雑木の間を潜り抜けているうちに皮膚を擦り剝いたらしい。

――さて。

袖は思案した。

もはや、このまま隆竜の病舎に戻ることはできまい。

幾人かの官兵を殺傷したからには、追補《ついぶ》の兵が向かうのは必定である。

と、言って、猪の子石の屋敷に戻るのも危険だ。

隆竜の身内であることが判明すれば、屋敷の方へも追手がさしむけられるにちがいない。

四

隆竜が病舎に戻ってきたのは、袖が官兵に引き立てられてから一時間ほどたった頃であった。

さんざん官兵に嫌味を言われてきたので、ひどく機嫌がわるい。

迎えた伝吉に向かって、

「袖はおるか？」

不機嫌なときの癖で、つい大きな声が出る。

「それが、困ったことになりもして……」

伝吉がおろおろしながら言った。

「何かあったのか？」

「はい……あのう……」

「どうした？　早く言え！」

隆竜がいらいらしながら促す。

「袖さァが、官兵に連れて行かれもした」

「なに？」

さっと顔色が変わった。

伝吉が仔細を話すと、隆竜は、

「よしっ！　わしが行ってくる！」

憤激して飛び出そうとした。

すると、其処へ剣付銃を携えた官兵が数人駆け込んできた。

「何者じゃ、おはんたち！」

隆竜はおそれもなく彼等の前に立ちはだかった。

官兵は隆竜の胸に銃を擬《ぎ》して、

「女を出せ！」

と、叫んだ。

「女？」

「そうだ、今、此処へ逃げ戻ったであろう」

「知らぬ」

隆竜は素っ気なく応えながら、肚裡《とり》ではにやりと笑っていた。

——ふん、逃げたか。

城山には幾つも小さな山道が入り組んでいる。一度見失えば、見つけ出すのは困難である。

「それっ！」

下士の合図で、病舎の中の捜索がはじまった。

が、それらしい者の姿が、何処にもないと知ると、いまいましげに、

「女が戻ってきたら知らせろ！」

「いったい、如何《どげん》したというのじゃ？」

「仲間を斬りおった」

「袖がか？」

「女のくせに」

官兵はしきりに無念がっている。

隆竜はぎくりとした。

――あいつ、途方無《ね》え事やりおったわい。

「身内か？」

と、官兵が訊いた。

「む……」

「いずれ、お前にも来てもらう」

「莫迦！　わしは医者だ。そう再々、病舎をあけてはおられん」

隆竜はあくまで強気に出た。

官兵たちは隆竜の気勢に押され、やがてしぶしぶ病舎を出て行った。

官兵の追尾を免れた袖は、鰐塚の谷を出て、三ッ股の山道伝いに城山の山頂の堡塁をめざして歩き続けた。

しかし——。

ずいぶん奥地へ迷い込んだらしく、いっこうにそれらしき場所には出なかった。

袖は夜っぴて歩いた。亜熱帯植物の鬱蒼と繁茂する群落を分け、あるいは熊笹の生い茂る急坂を這い上がって、やがて、巨大な岩塊の隆起する峡間《はざま》にさしかかったとき、突然数人の男たちに誰何《すいか》された。

「何者じゃ?」

「何処《どき》行く!」

と、口々に怒鳴った薩摩訛りの野太い声に袖は、ほっと安堵しながら、

「病舎の者でございもす」

と、応えると、

「名前は?」

髭も髪ものびほうだいの汚れた薩兵が近づいてきた。

「伊集院袖……妹尾万次郎の身内でございもす」

「ひとりか?」

男はじろじろ袖の姿を睨《にら》めまわしていたが、

「万次郎どんなら、上の穴ン中にいる。もう起きちょる頃じゃ。この道を行っきゃい」

と、言って、草に覆われた右手の小さな道を指さした。

「有難うございもす」

「下は谷底じゃ、気を付けてな」

「はい……」

袖は小腰をかがめて、男の傍を通り抜けた。

どことなく空があかるみをおびてきたようである。

袖は、はじめてひえびえした山の気を感じた。

露に濡れた細い叢《くさむら》の道を二丁余り行った頃、きりたった崖下のささやかな空地に、微かに人影が動いた。

「あ、あ……」

袖は覚えず小さな声をあげた。

薄明の中で、それがなんとなく万次郎の姿のように見えたのである。

袖は小走りに近寄って行った。予感はあたった。

「誰だ？」

咎《とが》めた声はあきらかに万次郎のそれであった。

「万次郎さァ……」

袖は叫んだ。

今まで堪《こら》えていたものが、一時に噴き上がる思いであった。

「おう……袖さァか！」

と、万次郎はおどろいて、

「どうして此処へ？」

「昨夜《ゆうべ》、官兵を斬りもして……。逃げるならいっそう此処へと……」

「なに？　官兵を斬った？」

「はい……」

袖から仔細を聞いた万次郎は、おのれの不手際が袖に災厄を招いたことを詫びて、

「仕方がごわはん……この近くに辺見さァが居られますから、夜が明けたら話してみもす」

と、言った。

その頃——城山の堡塁を守る人々は、すでにおのれらのひとりびとりに死期の近

づいてることを悟っていた。

十重二十重に包囲網をめぐらした官軍を突破するなど、もはや誰にも考えられぬことだったのである。

脱出や再挙のねがいは空しく消え、残されたものは、

「恥ずかしくない死に様を……」

と、いうことのみであった。

今では、もう誰も薩軍の身内や近在の者で城山にのぼってくる者はなかった。前線の警戒がにわかに厳重になり、通路はすべて塞がれ、薩軍陣地への通行はなんぴとといえども許されなくなっていた。

万次郎の報告を聞いて袖の城山入りを知った辺見十郎太は、

「いかん、女子はいかん……」

と激しく首を振り、

「俺《おい》どんたちの死に場所に、女がまじっていたとあっては、薩軍の名折れじゃ。万次郎どん、ここは何んとしても、戻るように言うてくれやい」

と、言った。

「戻ったところで、官軍につかまるばかり……不憫《ふびん》に思いもす」

と、万次郎は熱心に頼んだ。

「ここは死ぬよりはましじゃ。奴等は女は斬りはせん」

「しかし……」

「万次郎どん、くどい！　俺《おい》どんは、くどかことは好かん」

十郎太は怒鳴った。

十郎太は進発以来、どこの戦いでも、

「臆病者《やくせんぼ》は斬る！」

と、豪刀を振りかざして叱咤しつづけた剽悍《ひょうかん》無頼《ぶらい》の猛将である。

万次郎は仕方なく袖の所へ行って、十郎太の言葉を伝えた。

すると、袖は、

「辺見さァもわからんことを言いやるお人じゃ」

鋭い視線をきっと向け、

「ようございもす。私がじかにお願いしてきもす」

と、言って十郎太の許《もと》へ向かった。

「袖さァ！」

袖の気勢に押されて、万次郎がびっくりして制止したが、袖はどんどん歩いて行く。

十郎太は洞窟の前に莚《むしろ》を敷いてその上にすわり、のびた髭を剃っていた。

袖が鄭重《ていちょう》に挨拶すると、

「話は万次郎どんから聞きもした」

と、向きなおって、

「お前さァは、いったい万次郎どんの何でごわすな?」

と、いきなり訊いた。

「嫁女でございもす」

袖はきっぱりそう言った。

「ほう嫁女でごわすか? しかし、万次郎どんが嫁女貰いの式をあいげた話は、まだ聞いとらんが……」

十郎太はにこり笑った。

意外にも初々しく美しい袖を見て、急にからかいたくなったのである。

「生くるか、死ぬかの境に、式などあげる暇はございもはん」

袖は凛とした声音で応じた。

——や、これは。

十郎太は袖を眩《まぶ》しそうに見た。

「そんなお話よりは、此処においてたもし」

と袖はたたみかけた。

「お前さァは、小太刀の遣い手と聞いちょるが……」

「ほんの真似事でございもす」

「官兵を何人斬られた？」

十郎太はまたはぐらかそうとする。袖はそれには応えず、

「居てもよろしゅございもすな？」

と、念を押した。が、

「いかん、女子は困りもす」

あわてて十郎太がうち消すと憤然として、

「嫁女が夫といっしょに死ぬのに、何の不都合がございもすか？」

と、言い返した。

すると、十郎太は、突然、

「わっ、はっはっはっ……」

と、肩をゆすって笑い出し、

「よか、よか……お前さァには負けもうしたわい。万次郎どんと、仲良く死ぬがよか……」

五

その日、南国の空はよく晴れていた。清涼の風が渡って、さすがに秋の訪れを思わせた。

めずらしく砲声もやんで、無気味なほどの寂漠《じゃくばく》が山を包んでいる。

袖は近くの堡塁に出かけ、負傷者の世話をしたあと、桜島をのぞむ高処へのぼった。

青いバクチの葉群が涼やかな樹陰をつくっているところに、袖は山之口澄治という少年隊士が瞑想しているのを認めた。

少年は袖の足音に気付いて眼をひらくと、かるい会釈をおくった。

はっとするほど美しい眼元であった。

「お前《まん》さァは、何処の御出身でございもす?」

と、袖は訊いた。

「高鍋です」

「高鍋？」

「はい……病気の父に代わって出陣しました」

「何故、高鍋の戦で降伏なさいもはんと？」

袖は訝《いぶか》った。延岡へ退く前に高鍋隊士のほとんどが、高鍋の戦闘で官軍に降ってているのである。

「いくら負け戦でも降伏はいやです」

と、少年は言った。

一途な少年の心情に袖の胸は傷んだ。

「今、何を考えておじゃいもした？」

「郷里の母のことです」

「あなたは、切腹の作法を御存じですか？」

しばらくして、少年は訊いた。

唐突な質問に袖は、ちょっとおどろいたが、静かにうなずいてみせた。

すると、少年は、父に教授は受けたものの、何分俄《にわかじ》仕込《こ》みで充分とは言い難いから、教えてはもらえまいか——と、言った。

袖は改めて少年と対《むか》い合って端座した。

「私は女ですから、男衆のようにはまいりもはんが……」

――戦陣の場合は、片袖を引きちぎって、小刀に切っ先五分を残して逆巻きにし、左脇腹から右脇腹までいっきに引き切る。

介錯《かいしゃく》人のない場合は、そのあといったん刀をひき抜いて、下鳩尾《みぞおち》へ突き刺し、更に柄を逆手に取って、胸から臍《へそ》までまっすぐに切り下げる。それでも死にきれぬときは、更に咽喉をつらぬいて自らとどめを刺す……。

袖は一語一語力をこめて説明した。美しい眼を瞠《みは》って、袖の動作を熱心にみつめていた少年は、説明が終わると、おもむろに袖の教示通り反復した。するすると、いささかの渋滞もない見事な所作であった。

「結構でございもした」

と袖が微笑むと、少年は鄭重に礼を述べて堡塁へ戻って行った。

そこへ万次郎がやってきて、官軍がいよいよ近いうちに総攻撃にかかる気配だと伝えた。

「ようごわすな、袖さァ……」

万次郎は凝《じ》っと袖の顔をみつめた。

「はい、覚悟は疾《と》うに……」

「うむ……」

ふたりの視線が激しくからんだ。

「今夜から、ずっと、お側においてたもし……」

ほとばしるような女の情熱がそれを言わせた。

明治十年九月二十四日払暁《ふつぎょう》――、号砲とともに、官軍の城山攻撃が開始された。
岩崎谷を中心に薩軍の死に物狂いの修羅場が展開された。山の各所に炸裂する砲弾が、木々や岩塊を宙に舞い上げ、朦朧《もうろう》と渦巻く黒煙と土けむりの中を夥《おびただ》しい数の官軍が殺到した。
やがて――。
城山を守る薩軍の堡塁は次々に落ちていった。機をみて桐野、辺見、別府の諸将が西郷隆盛を守って岩崎谷口へ前進しはじめた。
その頃――、すでに山道は累々たる薩軍の死骸にみちていたが万次郎と袖は熊井谷の堡塁を飛び出して、草牟田へ通じる山道を駆け下っていた。
どこもここも焔々たる砲煙と血の匂いが立ちこめている。

「それっ！」

前面に押してきた敵がふたりを狙って銃弾を射かけた。

無気味な音が樹間を縫って、激しく土をけずり枝を飛ばした。

急に銃声がとだえると、突然足もとの崖から、わらわらと官兵が躍り立った。

突き出した銃剣の真っ只中で、袖と万次郎の体が、鮮かに跳躍し、巧みに翻転《ほんてん》した。

が——、残ったひとりを身を返して叩き斬った瞬間、飛来した銃弾が万次郎の額をつらぬいた。

「うっ！」

と、重くうめいてぐらりと体が揺れた。

「万次郎さァ！」

愕然として袖が馳せ寄ったそのとき、今度は、山道を見おろす右手の山肌の上から、いっせいにエンピール銃の浴びせ射ちを官兵がかけた。

死闘二時間——。

ついに城山は落ちた。

集結した官兵たちが、西郷をはじめ桐野や辺見らの死体を取り巻いて騒いでいる頃、岩崎谷の本道をまろぶように駆けてくる人影があった。

隆竜である。

彼は累々たる薩軍隊士の屍体をひとつひとつ、狂人のごとく血走った眼で調べまわっていたが、やがて、万次郎と袖とが血まみれになって相抱くように絶命しているのを発見すると、不意に、

「莫迦《ばか》……莫迦な奴！」

と、声をおののかせて、二人の上に突っ伏してしまった。

今やまったく城山に銃声は絶え、にぶい曇り空の下で、法師蟬がしきりに啼いている。

隆竜は、こもごもにふたりの遺骸を抱きあげて、声なく優しく言った。

――袖よ、万次郎よ……お前らは、死んでやっと一緒になれたのう……。

後記

城雪穂氏の初期作品群の文庫化の第二集である。第一集『流亡の谷』に引き続いて、本書では、城雪穂氏の初期の小説から五編を収録している。いずれも郷土宮崎の剣に生きぬいた士を主人公にしている。それぞれの作品の初出は発表順に以下のとおりである。

「霞流秘譚」――「別冊読切傑作集」(双葉社)第一二九集(一九六五年八月)
「御影秘帖」――「読切特撰集」(双葉社)一九六四年七月号
「秘剣木の葉斬り」――「読切傑作集」(双葉社)一九六五年十一月特大号
「陰流奇聞」――「別冊読切傑作集」(双葉社)第一二二集(一九六五年一月)
「城山の女」――「大衆小説」(双葉社)一九六五年十月特大号

城雪穂氏は一九六四年から六七年までの四年間に二十三編もの作品を双葉社

関係の小説誌に発表している。後に「笛女覚え書」「雪の道」「藤江監物私譜」など数多くの歴史小説の名作を書いた城雪穂氏の小説家としての出発を刻印しているといえる。

なお、城雪穂氏の初期作品の文庫化の経緯については第一集『流亡の谷』の後記に記したとおりであり、今後も同氏の初期短編群から四〜五編ずつをまとめて文庫化していく予定である。宮崎の歴史小説の豊かな泉との新たな出会いに期待してほしい。

（鉱脈社編集部）

本書には、現代の観点からは差別的と見られる表現がありますが、作品の時代性等を考慮してそのままとしました。（編集部）

[著者略歴]

城　雪穂（じょう　ゆきほ）[本名：藤井利秋]

1927年（昭和2）宮崎県北諸県郡山之口村（現都城市山之口町）に生まれる。1946年（昭和21）明治大学に入学も食糧事情悪化のため帰郷。1951年（昭和26）宮崎大学学芸（現教育文化）学部卒業。1986年まで宮崎県内の小中学校に教諭として勤務。

1964年（昭和39年）歴史小説「流亡の谷」第七回双葉新人賞第二席（双葉社主催）受賞。1981年（昭和56年）「藤江監物私譜」第14回九州文学賞受賞。

2001年（平成13）多臓器不全のため永眠。


著書に『笛女覚え書』『藤江監物私譜』『城雪穂作品集』の単行本の他、「鉱脈文庫ふみくら」に『藤江監物私譜』『薄月の記』『うつせみ置文抄』『流亡の谷』。

秘剣

21

二〇一六年六月二十日印刷
二〇一六年七月　五　日発行

著　者　城　雪穂 ©
発行者　川口敦己
発行所　鉱　脈　社
〒八八〇－八五五一
宮崎市田代町二六三番地
電話〇九八五－二五－一七五八

印刷
製本　有限会社　鉱　脈　社

「鉱脈文庫 ふみくら」

転換期を生きる

13

うつせみ置き文抄

城　雪穂　著

定価［本体556円＋税］

戦国時代末期から幕藩体制確立への転換期、宮崎城、清武城、そして佐土原城を舞台にした武将と妻の苦悩と決断。日向武士の誇りをかけた生きざまが女語りに結実する。

壮絶な剣の世界を描く

18

流亡の谷

城　雪穂　著

定価［本体700円＋税］

《「未熟者！　銀鏡でいったい何を学んだのじゃ。禄盗人め！」――殿の大喝。鬼と化し秘法を会得したが……》
南九州は宮崎の地で凄絶な剣の世界に生きた兵法者を描く。